Wolf-Ulrich Cropp
Fangtage

Wolf-Ulrich Cropp

Fangtage

Auflage 2001

Dr. Cropp Verlag, Hamburg

Hoheneichen 32, 22391 Hamburg

Tel.: 040 - 5365841, Fax: 040 - 5362940

        mobil: 0172 - 4224164

cropp1@aol.com

www.CROPP-W-U.de

Fotos, Zeichnung: W.- U. Cropp

Herstellung: Books on Demand GmbH

ISBN 3-8311-2352-7

Inhalt

*Den armen, aber glücklichen
Fischern hinter der kochenden
Brandung von Lawani ist diese
Geschichte gewidmet. Jenen
Menschen, die zeigen, daß
Fortschritt, die Jagd nach
Geld und Profitgier nicht
alles sind.*

Stadt, Land und Menschen

Es war am 18. April, damals in einer »Nacht der langen Messer«. Für meine Familie die erste Nacht in Nigeria. Nie werde ich diese Nacht vergessen, die wie ein Unwetter jäh auf uns einstürzte! Und noch lange danach habe ich mir große Vorwürfe gemacht. Schließlich glaubte ich das Land zu kennen und Entwicklungen zu sehen. Doch seit dem Ölrausch, der Lagos und bald das ganze Land wie eine Lawine erfassen und verschlingen wird, gab es keine Kontinuität mehr.

Zwei Stunden vor Mitternacht, unter uns lag die Metropole, umgeben von schwarzen Lagunen und Mangrovensümpfen, vom Norden her von dichtem Urwald umklammert. Vororte und Slums an der Peripherie der Vier-, vielleicht Sechs-Millionenstadt fressen sich unaufhaltsam in die Unwirklichkeit. Lagos ist ein Krebsgeschwür, dessen Metastasen üppig wuchern und der regulierenden Hand des Menschen längst entglitten sind. Ohne Unterlaß strömt die Landbevölkerung aus dem Wald in eine glitzernde Traumstadt, die keiner versteht, doch magnetisch anzieht, weil sie ein leichtes Leben verspricht und doch nur Elend hält.

Auch mich zog sie wieder an. Zum zigsten Male war ich abgeflogen, um sie endgültig zu verlassen – und doch immer wiedergekehrt.

Lagos ist ein Ort, den man verwünscht, haßt, preist – in einem Atemzug. Der einen packt, rüttelt und abstößt. Ich war bei der Rückkehr in seinen Dreck, seinen Gestank, sein Verkehrschaos, seine Profitgier, seine beleidigende Häßlichkeit, seine schroffe Abkehr doch immer wieder zu Hause. Lagos ist, was man ihm nachsagt: ein Sodom und Gomorra, ein Schlachthof voller Gefahren und Brutalität. Ein im eigenen Abfall erstickender Moloch.

Die DC 10 des Lufthansafluges LH 720 zog eine Schleife und setzte zur Landung an. Das gleiche Panorama wie auf allen meinen Nachtflügen: Lagos Island und Ikoyi im weißen Neonlicht. Grell und abweisend die Fensterschluchten der Hotelklötze Eko, Federal Palace. An der Apapa-Pier klein, unscheinbar – Ozeanriesen mit Zement befrachtet, Baustoff, den Nigeria mit Gold aufwiegt! Rasch nahm die Lichterpracht ab. Wir kreisten über die Wellblechlandschaften der Ärmsten der Armen, den Slums von Mushin, Shomulu, Oshodi. Vereinzelt machte ich wieder die kleinen flackernden Öllampen aus. Und doch war dieser Anflug anders als alle bisherigen: dieses Mal hatte ich meine Familie dabei!

Erwartungsvoll spähten Ruth, meine Frau und Michael, unser Sohn, aus dem Bullauge. Um ja alles mitzubekommen, hatten sie die Hände an die Stirn gepreßt. Michael war gestern sechzehn geworden und der Flug von Frankfurt hierher sein schönstes Geburtstagsgeschenk! Monate vorher sog er sich mit Informationen über Nigeria voll. In nächtelangen Diskussionen vor dem Aufbruch, die weiß Gott hitzig und kontrovers verliefen, staunte ich nicht schlecht über sein Wissen.

Ruth fiel die Entscheidung nicht leicht, mir nach Afrika zu folgen. Im Urlaub, der für mich jetzt zu Ende ging, und auf dem Sechs-Stunden-Flug merkte ich das wohl. Für sie gab es im Schwarzen Erdteil nur Dreck und Ungeziefer und davor graute ihr. Schließlich wollte sie mir aber doch folgen. Das Leben allein war sie gründlich leid. Also brachen wir unsere Zelte in Deutschland – in Frankfurt – endgültig ab.

Ich bin Wanderarbeiter, ein Freund zu Hause nannte mich »Know-How-Zigeuner«, das sind Typen, die heute Stahlwerke in Südafrika, morgen Staudämme in Australien und übermorgen Hafenanlagen in Seoul bauen. Der Job hat nichts mit Abenteuer, schon gar nichts mit Tropenromantik, aber viel mit harter Arbeit und mancherlei Entbehrungen zu tun.

Leicht rumpelnd setzte die Maschine auf.

»Wir sind da, Liebling, freust du dich? Aufgeregt?«

»Ich weiß nicht recht, Albert.«

»Wird schon gut gehen!« machte ich ihr Mut und drückte sie.

Wir rollten am neuen, fast fertigen »Murtala Mohammed-Flughafen« (1)* hinüber auf das alte Rollfeld.

Nun stoppte der mit 260 Passagieren vollbesetzte Düsenclipper, die meisten waren Europäer. Summend öffnete sich die Tür und über die Gangway strömte alles hinab.

Wie ein Hammerschlag traf uns die Hitze der Tropennacht.

»Verdammt, ist das heiß!« entfuhr es Michael. »Wart's nur ab, mein Junge, in der Halle wird's noch besser«, gab ich zurück.

Die Menschentraube schleppte sich quer über das Standfeld zum Flughafengebäude, eine niedere Baracke, in deren Vorraum höchstens 100 Personen Platz finden konnten. Wie immer begann bereits vor dem Eingang ein unangenehmes Gedränge und Geschubse. Schließlich hatte sich, keiner wird jemals wissen wie, jeder in die Halle gepreßt. Hitze und Durcheinander umgaben uns. Jedem, einschließlich der Afrikaner, standen dicke

Schweißperlen im Gesicht und von hinten wurde immer mehr und heftiger geschoben.

»Das ist ja unerträglich!« stöhnte Ruth. »Mein Kreislauf, das hält mein Kreislauf nicht aus.«

Ihre frische Gesichtsfarbe war grauer Blässe gewichen.

»Nicht daran denken, Ruth«, rief ich und hatte mittlerweile eine günstigere Position, nahe der drei Paßkontrollen, erkämpft.

»Ich werd's versuchen, umfallen kann ich doch nicht«, erwiderte sie.

Michael schüttelte nur den Kopf und beobachtete flinke Schwarze, die sich wie Aale durch die Menschenmasse wanden und den in Richtung Paßabfertigung ausgestreckten Armen die Dokumente entrissen, untertauchten – nach einer Weile neben den Beamten in den Kabäuschen, wo sich die Pässe türmten, auftauchten. Ich hielt meine Pässe krampfhaft fest. Wußte, daß bei diesem Service schon mancher seinen Paß einbüßte oder einen falschen zurückbekam. Allmählich beruhigte sich die schiebende Menschenmenge. Eingekeilt harrte jeder geduldig auf die Abfertigung. Eine Stunde verging. Arme, Beine, Schultern schmerzten. An den Körpern lief das Wasser in Bächen herab. Der Gestank war beißend – unerträglich. Nichts rührte sich. Unmutsrufe, Kindergeschrei, krächzende Lautsprecher und das herrische Donnern niedersausender Einwanderungsstempel irgendwo, weit weg von jedermann, erfüllte die Baracke.

Endlich! Ganz zögernd kam wieder Bewegung in die ungeduldige Masse. Zentimeter für Zentimeter ging es voran. Ich reckte mich auf den Zehenspitzen und hielt dem Beamten die Pässe unter die Nase. Doch er ignorierte sie.

An der Abfertigung wurde es lichter. Schon erschienen

vom Zoll her die ersten Schwarzen mit hochgehaltenen Tafeln.

Bekannte Namen standen darauf: Julius Berger, Siemens, MCC, Alumaco, Strabag. Mir fiel auf, daß heute nacht wenig Reisende abgeholt wurden. Sicher war wohl diesmal die Zahl der Neuankömmlinge gering.

»Paßt mal etwas auf!« rief ich meiner Familie zu. »Wir werden auch abgeholt.«

Dem Emigrationsoffizier gefielen meine Pässe immer noch nicht. Überall wäre ich bei dieser offensichtlichen Benachteiligung explodiert, doch in Nigeria hatte ich Duldsamkeit und Beherrschung zu meiner höchsten Tugend gemacht.

»Hallo, Mr. Hansen!« schlug plötzlich eine Hand auf meine Schulter.

»Mr. Shunuga!« rief ich erfreut, »was machen Sie denn hier?«

»Dienst am Kunden«, lachte der rundliche Nigerianer.

»Hätte ich nur gewußt, daß sie kommen!« Dann lagen wir uns in den Armen, besser ich auf dem Bauch des Negers und klopften uns auf die Rücken.

»Wieder allein?« fragte Shunuga. »Nein, kommen Sie, dort ist meine Familie«, sagte ich stolz.

Wir bahnten uns einen Weg zurück. »Das ist Alex Shunuga«, stellte ich den Afrikaner vor, und mit einem zugekniffenen Auge: »Flughafendirektor von Lagos.«

»So, nun mal die Pässe und die Formulare her, oder wollen Sie hier übernachten?«

Alex kassierte die Dokumente, und während er sich zu den Beamten arbeitete, rief er: »Gehen Sie schon durch und machen Sie sich's im Foyer bequem.«

Wir passierten anstandslos die Sperre, Ruth und Michael ließen sich erschöpft in die Sessel fallen. Nach fünf

Minuten erschien Shunuga: »Das wäre erledigt – wie sieht's mit Gepäck aus? Wieviel Stück haben Sie?«

»Dreizehn, hier sind die Nummern«, ich reichte ihm die Tickets. »Dreizehn!« staunte er, rollte mit den Augen und schnappte sich drei herumlungernde Träger samt Gepäckkarren und tauchte in den gewaltigen Gepäckberg. Kurz darauf: Träger samt Shunuga erschienen wieder und präsentierten das Gepäck ordentlich auf die Karren gestapelt. »Alles da?« fragte Alex. Kritisch prüfte Ruth jedes Stück: »Tatsächlich, bis auf Odin, alles da.«

»Odin?« fragte der Nigerianer erstaunt.

»Ja, Odin, ein Hund, unser kleiner Boxer«, erklärte Michael.

Shunuga verzog skeptisch seine dicken Lippen und blickte auf die Gepäckhalde: »Der wird nicht mehr leben.«

»Oh Gott«, erregte sich Ruth, »das darf nicht sein, er ist unser Liebling!«

Ich konnte sie beruhigen, denn Odin hatte ich der Flugleiterin persönlich in die Hand gedrückt.

Die Familie setzte sich in Richtung Zoll in Bewegung. Als Michael die kritischen Augen der schwarzen Zöllner und die vielen geöffneten Koffer, in denen herumgestochert wurde, bemerkte, hielt er sichtlich die Luft an.

Shunuga grüßte, in dem er mit dem Finger an die Stirn tippte, damit zog unsere kleine Gepäckkarawane an Zöllnern vorbei.

Als wir schließlich vor dem Flughafengebäude standen, war es viertel vor zwölf. Das Treiben afrikanischen Nachtlebens um keine Spur verebbt. Im Gegenteil, jetzt drängten sich hunderte von Taxifahrern um die Ankömmlinge – zerrten an Mensch und Gepäck. Jeder wollte diese lukrative Tour machen. Shunuga brüllte in die Meute, daß seine Schützlinge abgeholt und in Ruhe gelassen werden sollten. Ohne Erfolg. Nun griff er sich einen Polizisten, steckte ihm einen Schein zu und postierte ihn vor uns. Der Gesetzeshüter schnallte seinen Schlagstock ab und schlug wahllos auf schwarze Krausköpfe, die sich zu nah heranwagten.

Shunuga war mit dem Personenschutz zufrieden und verschwand, um den Hund zu holen. Ich hielt nach Mitarbeitern meiner Firma Ausschau. Jeder wußte, daß ich heute mit Sack und Pack ankomme. Man hatte geschrieben und telegraphiert. Keiner erschien, noch nicht mal ein Fahrer. Unerklärlich! Erst, wurde ich wütend, dann besorgt. War etwas geschehen?

Alex erschien, unter dem Arm hatte er eine Gitterbox aus Plastik und darin bellte Odin.

»Werden Sie nicht abgeholt?« fragte Shunuga. »Offensichtlich nicht«, entgegnete ich. »Ausgerechnet heute läßt man uns sitzen, das ist noch nie vorgekommen. Hat sich in Lagos etwas ereignet?«

»Nichts besonderes. Sie wissen doch, unsere Regierung hat Sparmaßnahmen zur Bekämpfung der Inflation eingeleitet. Gestern waren die Studenten dran: erhöhte Studiengebühren. Als Antwort darauf haben sie mit Protesten gedroht, sonst nichts.« (2)

»O. K., dann laßt uns ein Taxi nehmen«, entschloß ich mich. »Nur weg von diesem Flughafen«, stöhnte Ruth.

Koffer, Pakete, Kisten verschwanden im Lasttaxi, einem VW-Bus. Schwarze nackte Arme halfen von allen Seiten dabei. Als es an's Entlohnen der Gepäckträger ging, griff jeder zu.

»Steigt schon mal ein«, riet ich meiner Familie, und ging mit Shunuga hinter das Auto, wo ich ihm einige zusammengerollte Scheine reichte.

»Hier fünfzehn Naira, (3) Sie sind mir ohnehin einiges vom letzten Mal schuldig!« Alex fingerte die Scheine auseinander. Mit ernstem Gesicht sagte er knapp: »Viel zu wenig, Mr. Hansen! – Emigrationsofficers bekamen jeder fünf, der Zöllner fünf, für den Hund mußte ich zehn Naira bezahlen, und vergessen Sie den Polizisten nicht. Was bleibt da für mich?«

»Hier, ihr verdammten Halsabschneider«, lachte ich und steckte nochmals zehn dazu.

Alex Shunuga, der »Airportdirektor«, verschwand in der Menge.

»Apapa, Emotan Road Nummer 5 – zehn Naira«, rief ich dem Taxifahrer zu, während ich mich neben ihn auf den Sitz schwang. »Zwanzig, Master!« antwortete er und gab Gas. »Anhalten, wir steigen um!« Vom Rücksitz ertönte es ärgerlich: »Um alles in der Welt, nur das nicht, Albert.« Es war Ruth. Mit 15 Naira ging's ab. Ächzend setzte sich das Gefährt in Bewegung. Wir waren geneigt, Türen, Kotflügel und Sitze festzuhalten, da sie in jedem Schlagloch in jeder Kurve abzufallen drohten. Der Afrikaner fuhr lässig und wild. In dicken Wolken drang straßenstaubgeschwängerter Fäulnisgeruch durch die heruntergelassenen Fenster. Ruth schlang sich ihr Halstuch um Haare und Gesicht. Laut verfluchte meine bisher des Fluchens unfähige Frau den gestrigen Gang zum Friseur. Und der Driver steuerte wie ein Henker: Mit der Linken trommelte er aufs Chassis, der rechte Fuß kitzelte das Gas, zwei Finger steuerten, mit irgendeinem Körperteil hupte er wie besessen – jeder hupte wie besessen – aus allen Richtungen rasten Autos aufeinander – auf uns zu, wechselten links, rechts die Fahrbahn, drehten um. Bremsen kreischten. Es wurde lamentiert und geschimpft. In kurzen Staus zerrte man sich gegenseitig

vom Fahrersitz. Handgemenge. Keine Ampeln, keine Verkehrsregeln, kein Polizist. Nur der mit den besten Nerven hatte eine Chance. Menschen sprangen, hüpften, retteten sich vor jagenden Autos auf die andere Straßenseite. Wo im Dreck des Trottoirs Körper lagen, kreuz und quer, barbarischer Schwüle sich anschließender Wellblechhütten entronnen. Die Körper zuckten nach schreiender Radiomusik oder lagen da, wie tot.
Brückenpfeiler, wieder Menschenmengen, fahl beleuchtete Hauswände bildeten eine schwankend düstere Kulisse. Nicht hinsehen! Nicht denken! Der VW bog quietschend in die Ikorodu Road, eine autobahnähnliche Schnellstraße in Richtung Süden. Apapa liegt im Südwesten. Verwundert fragte ich: »Eh Driver, warum fahrt ihr nicht die Agege Motor Road. Wollt wohl 'n paar Naira extra machen?«
»Nix extra, Master. Agege gesperrt. Studenten machen trouble. Viel trouble!« Dabei fuhr er sich mit dem Handrücken über die Kehle und grunzte.
Michael beugte sich nach einer Weile vor und flüsterte: »Sag, Vater, hast du den Flughafendirektor bestochen?«
»Hör zu, erstens war das kein Direktor und zweitens wird hier nicht bestochen. Hier wird gedashed. Dashen (4) gehört zum Leben in Afrika!«

Vor uns, in ziemlicher Entfernung, erschienen Straße und Himmel auf einmal merkwürdig rot. Unruhig rot, wie Feuerschein. Und bisweilen strich ein scharfer, ätzender Geruch in den Wagen. Michael schnupperte: »Was riecht hier so komisch? Wie . . ., ja natürlich, wie Tränengas.«
Urplötzlich steckten wir mittendrin, eingekeilt von Hunderten von Fahrzeugen und immer mehr brausten in den

Stau. Unser Taxifahrer versuchte noch auszuscheren, riß den schwankenden Wagen herum . . . zu spät. Wir saßen in einer Autofalle.

»Big trouble«, sagte der Neger am Steuer, »very big trouble«!

Und da geschah es auch schon. Aus den Wellblechhütten, die die Straße säumten, quollen tobende Jugendliche. Brüllend und johlend – Stangen, Knüppel und Buschmesser über ihre Häupter schwingend. Die Bande stürzte sich in die Flanken der Fahrzeuge und schlug wie von Sinnen auf Autos – auf alles was sich bewegte. Ein wahres Fegefeuer stürmte heran. Sirenen heulten, Menschen schrien. Glas splitterte. Metall knirschte. Eine Vorhut Wilder riß Fahrzeugtüren auf, zerrte Insassen heraus und schlug sie nieder – brutal und blutig. Im Rausch war der Mob zu allem fähig, selbst zum Mord. Weitere Stoßtrupps schütteten Benzinkanister in PKW's und steckten Fackeln hinein. Überall prasselten und explodierten Feuer. Schräg vor dem Taxi loderte ein Mercedesbus wie ein mehrstökkiges Wohnhaus. »Bastards!« schrie unser Fahrer und machte einen rettenden Satz aus dem Wagen.

»Unter die Sitze!« brüllte ich.

Schon schoß krachend eine schwere Eisenstange durch die Windschutzscheibe. Kreischende Rowdies rissen die Tür auf. Nie werde ich diese Augen vergessen: wirr, lüstern – funkelnd, die der Schwarzen. Entsetzt aufgerissen die Ruths. Die Männer hatten Schaum vor den Mündern, sie schienen in Trance geraten. Das war das Ende!

»Oyibo, Oyibo!« (5) stießen heisere Kehlen aus, als Ruth am Boden kauernd entdeckt wurde. Und Odin kläffte wie von Sinnen aus seinem Käfig. Benzingeruch drang in die Nase. Ich preßte die Hände vor's Gesicht.

Wo blieb das Feuer?

Wo die Flammen? Nichts brannte . . .

Der Spuk war vorbei, so plötzlich, wie er hereinbrach. Einmal noch krachte ein Steinbrocken auf das Verdeck, dann war alles vorüber. Zurück blieb Weinen, Wimmern, Rauch, brennende Autowracks. Der Taxifahrer hatte sich unter seinen Wagen gekauert. Ängstlich kam er zum Vorschein. Allmählich sammelten wir uns wieder. Keiner hatte das Geschehene richtig erfaßt, da setzten sich die ersten fahrtüchtigen Autos in Bewegung. Verwundete, Tote, die auf der Fahrbahn liegend den Verkehr blockierten, wurden hastig auf den Gehweg gezerrt.

»Nur weg, schnell weg!« dachte jeder, die verdammte Horde konnte jeden Moment wiederkommen. Unser Kleinbus sprang an, mit schlotternden Knien steuerte der Fahrer an verbrannter Erde, heilloser Verwüstung vorbei, in Richtung Stadtmitte. Gespenstisch war die Strecke nach Apapa geworden. Geheimnisvoll und gespenstisch. Wo waren das Treiben, die Menschen, wo der unendliche Verkehrsstrom geblieben? Geblieben waren beißender Gasgeruch und ausgebrannte Fahrzeuge, von denen einige als Fackeln die Straße säumten, mehr noch, kilometerweit wie skurrile Straßenlampen leuchteten.

Endlich bog der Fahrer von der Hauptstraße ab, holperte über einen unbefestigten Weg und hielt vor einer Pforte. »Wir sind da!« sagte ich müde. Mutter und Sohn lösten sich aus ihrer Versteinerung und schauten auf den wuchtigen, wenig einladenden Bau, der von einer hohen tristen Mauer umgeben war.

Achmet, ein Wächter, sprang von der Bastmatte, trabte zur Pforte und schloß sie auf.

»Welcome Master, welcome«, rief er, als er mich in der Dunkelheit erkannte. »Alles gesund, alle am Leben?«

setzte er staunend nach. Auf seinem Nachtlager schnarrte ein Radio, er mußte die Ereignisse aus den Nachrichten erfahren haben.

»Wie du siehst, Achmet, alles o. k. Hol' Simion und Eric, wir haben viel Gepäck. Kommt alles in den Masterbedroom.«

Lautlos schälten sich der kleine Simion und der baumlange Eric aus der Finsternis. »Welcome in Nigeria, Madam«, sprach Eric meine Frau von hinten mit tiefer Stimme an. Ruth wirbelte herum, das Entsetzen noch in den Gliedern und warf sich an meine Brust. Selbst der beherzte Michael machte einen Satz zur Seite, als er das breite Gesicht, die großen Zähne und das Weiße in vorstehenden Pupillen über sich sah. Der Kochsteward lachte schallend.

Ich bewohnte mit Ruth ein kombiniertes Wohnschlafzimmer im ersten Stock des Doppelhauses. Michael bezog einen Raum daneben. Zwischen Koffern und unausgepackten Kisten streifte sich Ruth ihr Nachthemd über und wankte mitgenommen, Zahncreme, Bürste und Glas in den Händen dem Bad zu – mit einem spitzen Schrei auf den Lippen rannte sie zurück: »Albert, ich kann nicht mehr. Ich halt' es nicht mehr aus. Ich muß zurück, hörst du. Bevor ich wahnsinnig werde, will ich nach Hause!«

Ich nahm meine aufgelöste Frau in die Arme: »Was ist denn, Liebes?«

»In der Badewanne sind zwei Mäuse und am Klosett krabbelt es von Kakerlaken!« schluchzte sie. Sie war mit den Nerven am Ende. Ich versuchte sie zu trösten, da ging die Tür auf: »Vater, das Wasser läuft nicht«, berichtete mein Sohn. Auch das noch, dachte ich, was für eine afrikanische Nacht, was für eine verdammte erste

Nacht! ... Und endlich schliefen wir erschöpft ein.
Der nächste Tag stand noch ganz im Zeichen der Erleb-
nisse vom Vorabend. Ruth machte keinen Schritt aus
ihrem Zimmer. Unter dem Vorwand die Koffer auszu-
packen, werkelte sie unentwegt und ließ sich selbst vom
harmlosen Simion nicht helfen. Ich machte mir Sorgen.
Wollte sie wirklich wieder abreisen? Obwohl ich mich
gleich in die Arbeit hätte stürzen müssen, widmete ich die
folgenden Tage hauptsächlich meiner Familie.

Früh morgens führte mein erster Gang zum Funkgerät.
Michael war dabei. Mühlselig versuchte ich dann, Kontakt
mit unserem Außenposten in Sokoto, über 1000 Kilometer nördlich am Rande der Sahelzone, zu bekommen, der
mir die letzten Informationen über den Fortschritt an
unserem Staudammprojekt – nochmals hundert Kilometer weiter im Busch – übermittelte. Meist ging es um
eintreffende Zementzüge, Bestellungen aller Art, Perso-
nalfragen, Verladung schwerer Baumaschinen, die wir
von Lagos her per Achse in Marsch setzten. Nicht selten
wurden Bergungstrupps zusammengestellt, um liegenge-
bliebene Fahrzeuge flottzumachen oder die Fracht
umzuladen. Der Wellensalat war während der Gesprä-
che einzigartig, nach zwei Stunden endete der Funkkontakt mit Kopfschmerzen und Ohrensausen. Michael
schien beim Funken unermüdlich, immer wieder fragte er
den Äther ab, bastelte an Gerät und Antenne herum und
holte schließlich eine annehmbare Verständigung aus
dem Kasten. Später wurde er unser Funker und wichtig-
ster Nachrichtenmann. Regelmäßig vor der Schule saß er
am Gerät und führte das Funkbuch.
Im Nebenhaus fing das schwarze Büropersonal um sieben Uhr dreißig an zu arbeiten. Olegungu, der Buchhal-

ter, hatte seine Rechnungsprüfer und Kontopfleger fest im Griff, ihm vorgesetzt war ein weißer »Financial Controller«, eine Art kaufmännischer Leiter aus Deutschland.

Michael hatte noch Ferien. Die englische Oberschule St. Saviours in Ikoyi sollte erst übermorgen beginnen. James, mein Fahrer, meldete sich, als wir mit dem Frühstück fertig waren: »Alles klar, Master!«

»Komm Michael, begeben wir uns mal in das Chaos Lagos!« Und James fragte ich: »Straßen frei? Keine Unruhen?«

»Alles unter Kontrolle, mehr Soldaten als Zivilisten auf den Straßen, Master.«

»Wir fahren über Kiri Kiri, zum Hafen, in die City und nach Ikoyi. Hast du den richtigen Wagen?«

»Natürlich, heute sind die geraden Nummern dran.« Als wir im Fond saßen, erklärte ich, daß an bestimmten Tagen nur Fahrzeuge mit geraden, an anderen nur die mit ungeraden Kennziffern fahren durften. Mit dieser Maßnahme sollte die Verkehrsflut unter Kontrolle kommen, in Wirklichkeit erreichte die Regierung, daß jeder mindestens zwei Autos besaß und munter wechselte. Bereits in der Marine Road saßen wir hoffnungslos fest. James fluchte was das Zeug hielt. Über dem Verkehrsstau hing eine dicke Staubwolke und von Süden, aus den letzten unbebauten Mangrovensümpfen, kroch die lähmende Tageshitze. Vor uns stand ein Bus, an dem die Menschen wie Trauben hingen. In großen Lettern war am Heck: »Nigeria – love her or leave her!« (6) zu lesen. »Können vor lachen«, meinte Michael trocken.

Mittags erreichten wir »Kiri Kiri«, Luftlinie fünf Kilometer, und damit den wüstesten Platz Nigerias: abgesehen vom berüchtigten Gefängnis befindet sich hier der

Hauptumschlagplatz für Zement. Unverkennbar die graue Zementstaubglocke. In dem unübersehbaren Areal, wie hineingeworfen, die ältesten Lastenvehikel der Autogeschichte. Einige bunt bemalt, andere mit Plastikblumen geschmückt, die meisten ohne Kotflügel und Stoßstangen. Die Fahrer lagen, hingen, schliefen über, unter und neben ihren Karren. Da kochte sich eine Gruppe ihr Süppchen, da spielte eine andere Karten. Zwischendurch tobten Beifahrer, die mit Knüppeln und Schlägen ihre Fahrzeuge durch die träge Masse bugsieren wollten. Doch die Masse war unsagbar zäh, wie Kaugummi. Die Laster der Schieber und Zementhändler verbrachten Tage, um entweder beladen zu werden oder kurz vorher in den metertiefen Schlaglöchern zu Bruch zu gehen.

»Kiri Kiri« ist selbst für Nigerianer ein Alptraum! Ein Bulldozer, der das heillose Durcheinander ins Meer schiebt, wäre der einzige Ausweg! Ich habe drei Wochen in diesem Tohuwabohu verbracht um mit Dash, Versprechungen, Drohungen, Flüchen bis an den Rand eines Nervenzusammenbruchs 1000 Tonnen Zement herauszubekommen.

Ängstlich folgte mir Michael in diesen Vorhof der Hölle. Wir kletterten aus dem Wagen, für James war ohnehin kein Weiterkommen. Ich bahnte mir den Weg an die Verladerampe, die, wenn meine Orientierung richtig war, 200 Meter vor uns lag. Dabei krochen wir unter LKW's, sprangen über umgestürzte Betonpfeiler oder grotesk zerfetzte Stahlträger. Richtig, da stand Kiri Kiri Jetty, die kleine Holzbude mit der Funkantenne, Tag und Nacht von Hundertschaften umlagert: Zementhungrige aus dem ganzen Land. Zierliche Ibos aus dem Cross River Staat, einem Gebiet des damaligen Biafra. Unter-

setzte, dicke Yorubas aus Zentralnigeria und tief schwarze, aufgeschossene Haussa oder Fulami aus dem Norden. Ein ethnischer Querschnitt Nigerias 80 Millionen Bevölkerung. Eine Maskerade bunter Trachten außerdem. Allein an Kopfbedeckungen waren vom Fez über den Turban, dem Schlapphut zum schmierigen Stoffetzen alles vertreten. Vor dem Eingang der Bude stand wie eh und je Ruufus, der Zweizentnermann und Rausschmeißer. »Eh Ruuf«, rief ich ihn an und boxte ihm in den Schmierbauch, daß die Luft rauszischte. »Master da?«
»Welcome Mr. Hansen, nett Sie zu sehen. Master van Alfen ist da.« Die Freude war echt, der Kerl hatte von mir Schmiergelder wie kein zweiter kassiert.

An einem Schreibtisch, klein und klapperig, hing Hafen-Manager Jonas van Alfen leibhaftig und angetrunken. Wer hier für den größten Zementimporteur Dantata die Verteilung managte, war nach vier Wochen durchgedreht, es sei denn Whisky, mindestens eine Flasche pro Schicht, half ihm länger durchzuhalten.
»Hallo Hansen, alter Junge!« begrüßte er mich. Auf seiner tätowierten Brust standen dicke Schweißperlen, den Kopfhörer, die einzige Verbindung zur Zentrale in der City – Telephon war in Lagos schon seit Jahren zusammengebrochen – um den Hals gehängt, stürmte er auf uns zu, eine Schnapsfahne vorneweg.
»Aha, hast Verstärkung mitgebracht? Unverbrauchter Mann, kann gleich meinen Job übernehmen«, und zu Ruuf rief er: »Schmeiß die Leute raus und hol die Flasche, wir haben Besuch!«
»Das ist übrigens mein Sohn«, sagte ich. – »Auch nicht schlecht. Aber was führt dich ins gottverdammte Kiri Kiri?«

»Ganz einfach: Zement. Im Juni brauch ich 20 000 Tonnen für Mafara.«

20 000 Tonnen? Für euren Damm? Bist du wahnsinnig? Das kriegst du in zwei Jahren nicht heraus!«

»In einem Monat muß das über die Bühne!«

»Unmöglich!«

»Ich setzte vierzig Sattelzüge ein und du sorgst dafür, daß Kiri Kiri geräumt wird.«

»Das geht nur mit Hilfe der Armee.«

»Dann bestell sie doch. Wir lassen uns die Aktion 5000 Naira extra kosten.«

»Mann, Mann Hansen, du verlangst wieder Sachen«, stöhnte van Alfen. (7)

Michael ging mit mir vor zur Rampe. Hier standen rückwärts herangefahrene LKW's, einige, die es tatsächlich schafften, durchzukommen. Davor lag eine Flut von Leichtern, und was sich darauf abspielte, erinnerte an mittelalterliche Sklavenarbeit. Ich war jedes Mal aufs Neue von diesem Blick über den 300 000 qm großen Zementhafen fasziniert: Es wimmelte wie im Ameisenhaufen. Leichenblasse Neger — Zementstaub hatte sie entstellt und gerbte nicht nur ihre Haut, sondern setzte sich in Mund, Nase und Ohren und in wenigen Jahren in den Lungen fest – die mit Portland-Säcken auf den Köpfen zu den LKW's eilten. Im Akkord, für 5 Kobo pro Sack und 8 DM pro Tag schleppten sie im Schichtbetrieb Tag und Nacht unter Scheinwerfern zigtausend Tonnen Zement über eine Distanz von 200 Metern. Geplatzte Säcke dienten ihnen als Staub- und Sonnenschutz, Papierfetzen stülpten sie über ihre Schädel, kleinere wurden in die Nasenlöcher gestopft. Mein Sohn war schockiert, wie ich, als ich damals zum ersten Mal dem Treiben zusah.

»Wie lange halten die Männer das aus?« fragte er. »Zwei Jahre, dann haben sie Staublungen. Das Tollste: der Job ist begehrt! Nur mit Körperkraft, ohne Ausbildung – Geldverdienen ist schwer in Nigeria. Aus den Urwäldern strömen immer mehr Menschen nach Lagos, ihre einzige Chance zu überleben hast du vor dir.«

Aus Richtung Lagune tuckerten ohne Unterlaß beladene Leichter heran. »Wo kommen die alle her?« fragte Michael.

»Die meisten Zementschiffe liegen draußen auf Reede. In Tin Can Island, dem zweiten, kleineren Umschlagplatz werden die LKW's auf die Leichter und an die Schiffe gefahren. Schneller geht das allerdings auch nicht.«

Schweigend – Gedanken über eine unbeschreibliche Ausbeutung nachhängend, schauten wir über die schmutzig, gurgelnden Wasser des Hafens. Sonnenlicht reflektierte und stach in den Augen, und mit einem Mal schwächte die Hitze des Tages. Vor uns dampften die mehlfarbenen Leiber der Hundertschaften. Gebückt schritten sie einher: Leichter – Kai – Ladefläche, Ladefläche – Kai – Leichter, regelmäßig wie ein Uhrwerk, den Zementsack gleich einem Amboß auf den Schultern, das Haupt, den sturen Blick auf den Boden geheftet – auf Staub, während bei jedem Schritt mehr Zement in die Luft – um ihre Körper wirbelte.

»Die Straße der traurigen Ameisen«, sagte Michael ergriffen. Glut lähmte zusehends die Glieder der Packer. Von Zeit zu Zeit setzte sich einer auf den Bordrand. Es war kein Ausruhen im üblichen Sinne, es war Verharren in stiller Resignation. Dabei strömte der Schweiß in unzähligen Rinnsalen über das Zementgrau und wusch schwarze Adern auf Brust und Rücken.

Aufstehen! Nigerias Bauboom duldet keine Verschnaufpause. Betonmischer rattern rund um die Uhr, gespeist werden sie von den Arbeitssklaven Kiri Kiris. (8)

»Wir wollen gehen«, sagte ich, »der Ort ist ein Jammertal und hoffnungslos obendrein.«

James hatte seine Beine aus dem Wagenfenster gehängt und war eingeschlafen. »Apapa Port«, weckte ich ihn und wieder ging's ins Verkehrsgewühl. Vorbei an einem anderen Phänomen des im wahrsten Sinne grauen Zementmarkts: rechts und links der Creek Road parkten beladene LKW's vor provisorischen Hütten aus Plastikfolien und Zementsäcken. Wir kamen nicht weiter und konnten dem Treiben in Ruhe zusehen.

»Was wird denn hier mit dem Zement gemacht?« fragte Michael. »Das meiste Geld«, sagte ich, »so floriert eine Umschlagstation. Schau dir mal die Träger an, die laufen mit den Säcken aus den LKW's langsamer, als mit denen, die sie wieder hineinbringen.«

»Aber auf den Säcken steht doch jeweils 50 Kilo.«

»Eben drum, denn 50 Kilo sind da nicht mehr drin. Flinke Hände haben sie erleichtert!«

Der alte Hafen von Apapa steht Kiri Kiri an Durcheinander wenig nach. Wir suchten den Liegeplatz des Frachters »Mistral«. Hinter haushohen Halden verdorbener Nahrungsmittel entdeckten wir ihn. Herr Carl, unser Maschineningenieur, überwachte den Import einer kompletten Betonmischanlage und mehrerer Großgeräte. Nachdem uns beim letzten Ausladen eine Walze über die Reling in den Hafen gestürzt war, rangierte er die fahrbaren Güter selbst über die Rampe. Die Abwicklung klappte gut, schon zwei Tage später konnten wir einen Konvoi aus 12 Fahrzeugen 1200 Kilometer quer durch Nigeria schicken, der sogar vier Tage später, bis auf den

Totalverlust von zwei nagelneuen Sattelschleppern unser Camp Mafara erreichte.

Die Studentenunruhen in der Nacht vom 18. April hatten 22 Todesopfer gefordert, hieß es in den Nachrichten, als James uns über den Ijora Causeway chauffierte, außerdem, daß Oberst Ahmadu Ali, der Erziehungsminister, die Schließung der Universitäten des Landes befohlen hatte. Noch war die Stadt von den blutigen Krawallen gezeichnet: ausgebrannte, ungeborgene Fahrzeuge, an Kreuzungen und Brücken aufgefahrene Panzerwagen, Busse, auf und in denen MG-bewaffnete Soldaten und Polizisten saßen, vermittelten den Eindruck eines Ausnahmezustands, von dem die Bevölkerung und das hektische Treiben ringsum allerdings wenig Notiz nahm. Die Hauptsache war, daß man seinen Geschäften nachgehen konnte. Gerade verschwand ein markantes Gebäude aus unserem Blickfeld.

»Was war das für ein Prachtbau?« drehte sich Michael zurück.

»Oh ja, das ist das Nationaltheater. Auf diesen Bau mit seinen 5000 Sitzplätzen sind die Nigerianer besonders stolz. Er hat 200 Millionen Mark gekostet, wurde von Bulgaren 1977 anläßlich der Festac 77 gebaut, dem größten afrikanischen Kunst- und Kulturfestival überhaupt.«

Am Ende der Eko Bridge hingen wir im nächsten Stau. Das war nur normal. Doch plötzlich jaulten hinter uns Sirenen – und James riß den Peugeot 404 geradezu wie elektrisiert links auf den Bürgersteig.

»Was ist los?« erschrak Michael. »Paß mal auf, was jetzt passiert«, riet ich, »und das ist nicht nur ein Grund, möglichst nie selbst Auto zu fahren!«

Im Rückspiegel entdeckten wir einen Landrover der Stadtpolizei. Der Verkehr hatte sich dermaßen verdichtet, das selbst ein Fahrrad nicht mehr hindurch kam. »Die werden umkehren müssen«, meinte mein Filius. Von wegen! Aus dem Rover sprangen vier Polizisten, mit Hundepeitschen stürmten sie in das Fahrzeugknäuel, droschen auf Fahrer ein, hievten Autos beiseite und zerrten widerspenstige Fahrer kurzerhand vom Steuer. »Ein Räumungskommando erster Güte!« staunte Michael, »in deren Fängen ich nicht landen möchte.«

Gegen Nachmittag erreichten wir Lagos City. In der »Bank of North-East«, unserer Hausbank, wollte ich feststellen, ob ein Kreditantrag über 3 Millionen Naira bearbeitet wurde. Durch hohe Vorlaufkosten an der Baustelle: Löhne für 2000 Arbeiter, Einkauf von Gerät, Campeinrichtung und vieles mehr, brauchten wir dringend Geld. Schon lange vor meinem Urlaub wurden umfangreiche Vorarbeiten zur Kreditbewilligung getätigt. Den Wust von Papier, einen Aktenkoffer voll Bilanzen, Gewinn- und Verlust-Rechnungen, Analysen und Beurteilungen unseres Vermögens, schleppte ich eigenhändig zur Bank. Ich hoffte, heute vom Direktor den Vorentscheid, besser noch den Scheck über einen Abschlag für die Löhne – am Monatsende fällig – zu bekommen. Die Zeit drängte, das hatte ich der Bank plausibel gemacht. Alhaji Bello Burnu (9) saß würdevoll in seinem wohltemperierten Saal von Direktionszimmer. Nach allgemeinen Begrüßungsfloskeln kam ich vorsichtig auf den Kern. »Alles in Arbeit, Mr. Hansen, ist doch selbstverständlich bei unseren Geschäftsbeziehungen«, beruhigte mich Bello Burnu. »Das Bewilligungsschreiben schon bereit?« wagte ich zu fragen. »Kein Problem. Alhaji Kuruka, mein Assistent, wird alles regeln.« Er drückte auf einen

Knopf am Schreibtisch – im wallenden Burnus erschien der Direktionsassistent, damit hatte uns Bello Burnu abserviert. Im Flur druckste Kuruka verlegen herum, und bevor er uns in den Saal – eine Art Großraumbüro – der Sachbearbeiter führte, gestand er, daß meine Unterlagen verlegt worden seien. Es sähe sowieso für unseren Kredit nicht gut aus. Sparmaßnahmen der Regierung, zu geringe Sicherheiten und das nächste Board Meeting (Aufsichtsratversammlung) sei um einen Monat verschoben worden. Ich bekam weiche Knie.

»Alhaji«, schlug ich vor, »suchen wir erst einmal die Unterlagen.« Der Nigerianer war einverstanden. Im Großraumbüro schrieben, tippten oder unterhielten sich einige der gut hundert Bankangestellten, der überwiegende Teil aber schlief, gähnte oder räkelte sich. An der Decke kreisten Propeller und wirbelten stickig-schwüle Luft durcheinander. Außerdem flatterten Schriftstücke umher, denen niemand nacheilte.

»Gewiß kein Platz zum harten Arbeiten«, meinte Michael. Kuruka sprach einige Angestellte an, die zuckten nur mit den Schultern. So kamen wir nicht weiter. Ich stieß meinen Sohn an und zusammen suchten wir, auf Knien liegend, in den Ecken, auf dem Boden, zwischen den Füßen der Banker die Bilanzen unserer Firma. Kuruka distanzierte sich. Schaute nur hin und wieder nach, um sich zu erkundigen, ob wir etwas gefunden hätten. Bis Büroschluß entdeckten wir lediglich ein Anschreiben und eine Liquiditätsberechnung. Doch, um es vorweg zu nehmen: am Tage der Lohnzahlung schob mir Alhaji Bello Burnu einen Scheck über 200 000 Naira – ca. 750 000 DM – über den Tisch, der sofort in Bargeld umgewandelt wurde.

Nach dem Besuch bei der Bank erholten wir uns im

feudalen Ikoyi Hotel, oben in der Bar »Top of the World«
im 20. Stockwerk bei kühlen »Chapmen«, einem nigerianischen Nationalgetränk aus Angostura, Zitrone, Orange, Seven up, Gurkenscheiben, zwei Kirschen, Campari
und Eiswürfeln.

»Hier läßt's sich's aushalten«, meinte Michael im schweren Ledersessel, die Beine von sich gestreckt, »vielleicht
sogar Nigeria lieben.« Sein Blick schweifte über die schönen, feudalen Häuser von Victoria Island und Ikoyi, über
die Bay mit den bunten Segelschiffen, über die breiten
Boulevards, die von hier oben so sauber aussahen, und
die Welt schien für ihn wieder in Ordnung.

»Warum leben wir eigentlich in diesem miesen Apapa?«
fragte er auf einmal. »Das ist ein trübes Kapitel unserer
Tätigkeit in Nigeria«, sagte ich, in Gedanken verloren.
»Als wir hier mit nichts außer leeren Versprechungen
anfingen, ohne Auftrag, ohne Verbindungen, hausten
wir im Mainland-Hotel, nicht gerade einer Nobelabstei-
ge. Damals war Gowon an der Macht und ich hatte
mühsam Kontakt mit einem seiner einflußreichen Ver-
wandten geknüpft. Oye Kikba hieß der Mensch, er war
Yoruba, wie Gowon auch, und besaß eine Baufirma in
Apapa. Mit ihm stellte ich mir einen Start und die
Abwicklung großer Projekte vor.

Kikba wurde Mitinhaber und Aufsichtsratsvorsitzender.
Um eng zusammenzuarbeiten, besorgte er uns das Dop-
pelhaus in der Emotan Road. Eine Woche später wurde
Gowon gestürzt und unsere Beziehungen zu Kikba
waren nicht nur wertlos, sogar gefährlich. Zum Glück
hatte ich noch einen alten Freund, Alhaji Gerba, dem ich
deutsche Möbel importierte und der mit den Präsidenten
Mohammed und Obasanjo aus dem Norden des Landes
groß heraus kam. Ihm haben wir das 35 Millionen

Naira-Projekt, den Staudamm, zu verdanken, auch daß wir noch im Lande sind. Alhaji Gerba ist heute Aufsichtsratsvorsitzender der Bank of North-East in Kano.«
»Zu einem besseren Haus konnte er dir wohl nicht verhelfen?«
»Gerbas Einfluß bezieht sich auf den Norden auf Haussa-Land. Lagos mit seinem Hafen wird aber immer unsere Zentrale bleiben müssen.«
»Mutter fühlt sich sehr unglücklich in der Wohngemeinschaft, und das Büro im Haus mit den schwarzen Angestellten ist auch nicht gerade angenehm.«
»Ausländer dürfen weder Grundstücke noch Häuser kaufen; Mieten für Häuser in Ikoyi oder Victoria Island kosten 60 000 Naira pro Jahr, sie sind fünf Jahre im voraus zu zahlen, abgesehen von den horrenden Preisen ist nichts zu bekommen.«
Nach sechs Chapmen brachte uns der Fahrstuhl zurück in die Wirklichkeit von Lagos.

Ruth schien sich nicht an ihre neue Welt zu gewöhnen. Sie war schlecht gelaunt, verglich alles mit zu Hause und machte keinerlei Zukunftspläne. Odin, der sich zu einem strammen Boxer entwickelte, und jeden Schwarzen böse anknurrte, wurde ihr ständiger Begleiter, mit dem sie die Nigerianer auf respektvolle Distanz hielt. Ihre Unzufriedenheit belastete mich sehr bei meiner Arbeit, denn auf einmal wurde mir klar, daß ich ohne sie keine Kraft hatte durchzuhalten. Unmerklich hatte mich Nigeria ausgehöhlt, ausgebrannt. Echte Freunde gab es nicht, nur Geschäftemacher, Kollegen, Neider. Leute, die einen bei jeder passenden Gelegenheit über's Ohr hauten. Menschen, die sich heimlich freuten, wenn man falsche Entschlüsse faßte. Nein, ich brauchte Ruth, gerade in Afrika.

Jetzt! Wenn sie das nur wüßte, nur fühlen würde. Mit Arbeit als einzigen Verbündeten hielt ich nicht mehr lange durch, das wußte ich. Und mit jedem Tag wurde mir bewußter, daß ich sie nicht mehr zu halten vermochte – in Afrika, bei mir.

Michael lebte sich recht gut ein. In der englischen Schule klappte es auch nicht schlecht; was er sprachlich nachholen mußte, war er in Mathematik, Chemie und Latein voraus. Mit unserem Hauspersonal kam er, im Gegensatz zu Ruth, glänzend klar. Er fand Freude am Baseballspiel und verbrachte die meisten Nachmittage bei seinen Freunden in der Schule. Wenn es meine und seine Zeit zuließ, nahm ich ihn mit auf meine Geschäftsreisen ins Landesinnere. Leider konnte ich ihm keine touristischen Ausflüge zu kulturellen oder sehenswerten Plätzen bieten, denn dazu hatte ich keine Zeit, außerdem kannte ich sie nicht.

Heute sollte es mit der ersten Maschine nach Port Harcourt gehen. Der Flug führte über Lagunen, einen dichten Urwaldgürtel nach Osten, in das Nigerdelta, zu den unendlichen Mangrovensümpfen, dorthin, wo sich Nigerias Reichtum konzentriert: das Öl. Im Gewirr unzähliger Flußläufe leuchteten hier und da aus dem geheimnisvollen Dunkel der Sümpfe kleine Inseln, auf denen Bohrtürme in die Luft ragen oder Eruptionskreuze (10) stehen, die meterlange Feuerlanzen von sich schleudern. Erdgas wird abgefackelt. Eine glatte Energieverschwendung, die Nigeria eines Tages verbieten oder bereuen wird.

»Wann wurde das Öl entdeckt? Wer beutet es aus? Wer sind die Abnehmer? Was verdient das Land am Öl? ...«

Tausend Fragen stellte mir Michael und ich erzählte ihm die turbulente Geschichte vom Öl Nigerias: Nach mehreren Fehlbohrungen, die eigentlich schon zur Aufgabe führten, gelang es BP zusammen mit Shell im unwegsamen Nigerdelta – in den Fiebersümpfen Afrikas – eines der, wie sich später herausstellte, ergiebigsten Ölfelder der Erde anzustechen. Das war Ende der 50er Jahre.

Doch mit dem Öl aus 3500 Meter Tiefe floß auch bald Blut im Busch der damaligen Ostprovinz Biafra, im erbitterten drei Jahre währenden Bürgerkrieg, der tatsächlich ein Ölkrieg war, nämlich die Auseinandersetzung angelsächsischer und französischer Rohstoffinteressen: Die britischen Konzerne wurden sich über die Verteilung westafrikanischer Konzessionsgebiete rasch einig. Wie häufig in der Ölgeschichte kamen die Franzosen zu spät und zu kurz. Ihre Chance, im Ölpoker dennoch von der Partie zu sein, sahen sie in der Unterstützung einer separatistischen Bewegung jener ölreichen Ostprovinz.

Als 1967 der geschickte und korrupte Ibo-Führer Ojukwu den Sezessionskrieg gegen die Zentralregierung begann, war er sich französischer Unterstützung gewiß: Nacht für Nacht wurden Waffen in das eingeschlossene Biafra geflogen, und vom französischen Geheimdienst erhielt Ojukwu innerhalb eines Jahres rund 20 Millionen Mark. Die Pariser Rothschildbank, im Ölgeschäft engagiert, sicherte sich Schürfrechte über Jahrzehnte im Falle Ojukwus Sieg, als Ausgleich für Dollar-Zuwendungen in Millionenhöhe.

Es wurde noch dreister: eine Werbeagentur erhob in groß angelegten Kampagnen die Stammesfehde zu einem nationalen Freiheitskampf, zu einem Krieg schwarzer Christen (Ibos), gegen blutrünstige Heiden (Yorubas) und Moslems (Haussa, Fulbe). Die Presse sprach von

Völkermord, und die Spenden aus aller Welt trugen dazu bei, das Gemetzel zu verlängern.

Am Ende siegten die englischen Waffenlieferungen, mit ihnen die Zentralregierung in Lagos. Der Aufwiegler Ojukwu floh außer Landes, das fleißige, clevere Neunmillionenvolk der Ibos — meist schon früh christianisierte Händler — bezahlten als eigentliche Leidtragende für das verantwortungslose Abenteuer mit den Leben zigtausend ihrer Brüder und einer grausamen Hungersnot.

Als Biafra 1970 unterworfen und in mehrere Kleinstaaten geteilt wurde, erfaßte Nigeria ein regelrechter Rausch, gestützt auf das schwarze Gold des 20. Jahrhunderts. Täglich wurden 100 Millionen Tonnen Rohöl gepumpt, das brachte im gleichen Zeitraum 50 Millionen DM ein. Nigeria wurde der bedeutendste Erdölproduzent Afrikas, deren Hauptabnehmer, die USA 16 % und die Bundesrepublik 15 % ihres Bedarfs beziehen. Mit den Öldollars kam ein gnadenloser Reichtum ins Land, der jedoch in Regierungs- und Geschäftemacherkreisen versickerte, während der Mittel- und Unterbau arm blieb und schier unüberwindliche, soziale Spannungen schuf: Im Schatten der Hochhäuser und Glaspaläste lebt der menschliche Bodensatz in unbeschreiblichem Elend. In den Slums von Lagos trifft man die Kehrseite des Ölbooms: Schmutz, Krankheit, Kriminalität, Mord. Und in den Straßen, wo arm und reich aufeinanderprallen, gipfelt Neid, Mißgunst und Verzweiflung in brutalem Verbrechertum: Raubüberfälle sind nicht mehr zählbar. Der Weg nach oben, ans lockende Geld, ist der über Korruption, Schiebung, Gaunerei — ja selbst auf diese Weise ist er hoffnungslos verstopft!

Mit den Öldollars werden die Reichen in dem Maße

reicher, wie die Armen ärmer werden – letztere bilden schon jetzt politisches Dynamit ersten Ranges!

Landung in Port Harcourt, einer schmutzigen Pionierstadt: Michael organisierte sich eine Bootsfahrt auf dem Bouny Fluß, einem der abertausend Nebenarme des Nigers und ließ sich in die geheimnisvolle Sumpf- und Schlingpflanzenwelt bringen. Ich hetzte unter Zeitnot zu einem Termin mit BP-Managern, die einen Hubschrauberlandeplatz im grundlosen Gelände bei Bori vergeben wollten und zum Arbeitsministerium, da ging es um den Bau eines Verwaltungsgebäudes. Wir trafen uns rechtzeitig zur letzten Maschine nach Lagos am Flughafen. Michael schwärmte von seinen Eindrücken. Er hatte sogar ein Krokodil aufgestöbert und ich, müde und abgekämpft, wünschte nichts sehnlicher als zu Hause mein Bett. Als die Bordkarten ausgegeben wurden, hob die Schlacht um das Mitkommen an. Mit zwanzig Naira dashte ich meinen Verbindungsmann und ich hätte wetten mögen, daß es klappen würde. Die Maschine wurde ausgerufen ... »mein« Ibo tauchte aus der schiebend, schubsenden Menge: »Sorry Master, alle Bordkarten weg!« Ich hätte den Strolch erwürgen und mein Monatssalär darauf setzen können, daß der Schwarze die Karte jemanden verkaufte, der 25 Naira bot! Die nächste Maschine ging am nächsten Morgen – in 12 Stunden und in ganz Port Harcourt kein freies Zimmer! So verbrachte ich mal wieder eine lausige Nacht auf dem Flughafen, was Michael hingegen großartig fand.

Harmattan, der sandreiche Wüstenwind aus der Sahara, der Januar bis Mai über Lagos bläst, hatte sich längst verzogen. Es folgten klare Tage und schließlich zogen

Mitte des Jahres, etwas später als üblich für ein, zwei Stunden die ersten schweren Wolken auf – als Vorboten der Regenzeit. Sie entleerten sich heftig und gaben Lagos, wenn die Sonne auf die überschwemmten Straßen und Plätze prallte, das Gesicht eines nebelwallenden Treibhauses. In dieser Zeit stöhnt der Europäer besonders, nicht nur der Hitze, sondern vielmehr des Gestankes wegen, der wie eine Glocke zwischen den Häusern hängt. Gewaltige Bauwerke hat Nigeria erstellen lassen, an das Naheliegendste, für die Hauptstadt Kanalisation zu legen, wurde nicht gedacht. Die Folge: Lagos steht buchstäblich in den eigenen Exkrementen – und schwimmt in der Regenzeit darauf. Träge fließt dann Abfall und Jauche in die Lagune, begleitet von dem Pestgestank riesiger Flächenbrände der Müllgebirge vor den Häusern. Von Hygiene konnte man schon seit vielen Jahren nicht mehr sprechen. Neben Kalkutta rangiert Lagos als schmutzigste Stadt der Welt, und täglich droht das Damoklesschwert in Form einer Cholera-Epidemie niederzuschlagen.

»Lagos ist nur durch eine Radikalkur zu helfen«, verkündete Anfang der 70-ger Jahre ein amerikanisches Consulting-Unternehmen, das die Möglichkeit einer Stadtsanierung untersuchte. Die Amerikaner schlugen kurzerhand eine Verlegung der Hauptstadt in den Busch des Landesinneren vor. Ähnlich dem Brasiliamodell. Kosten dafür: 50 Milliarden DM! »Billiger als Lagos zu ›renovieren‹«, meinten sie. Die neue Stadt soll »Abuja« heißen und die Regierung Obasanjo arbeitet mit Macht an dem Projekt.

An einem jener wettermäßig unsteten Julitage hatte ich eine Verabredung mit einem Sägewerksbesitzer in Benin wahrzunehmen. Es ging um eine große Partie Edelhölzer, die für Mafara gebraucht wurden. Ich erinnere mich noch sehr genau, es war an einem Samstagmittag. Da Nigerian Airways nicht mehr Benin City anflog, ließ ich mich zum Airo Club bringen und charterte eine Cessna 172. Michael, nicht zu halten, wenn ich ein Sportflugzeug besorgte, begleitete mich. Mein ehemaliger Fluglehrer Pit McFalcom – ein verwegen aussehender Brite – gab mir kurz den Wetterbericht durch: »Zur Zeit alles klar Albert, trotzdem, du weißt ja, um diese Jahreszeit, als Fluglehrer muß ich dir abraten, in zwei Stunden kann allerhand passieren.«

»Würdest du fliegen, Pit?« Er grinste verschmitzt.

»Na also, laß die Maschine klarmachen!« sagte ich und schlenderte mit Michael zum Rollfeld. Noch ahnte keiner, auf welch gefährliches Unternehmen wir uns einließen.

In der Maschine überprüfte ich die Instrumente, dann kam vom Tower die Starterlaubnis und wir stiegen rasch auf 11 000 Fuß, um über einzeln dahinsegelnden Wolkenfetzen im direkten Ostkurs Benin anzupeilen. Die Sicht war klar, der Urwald grünschwarz, durchfurcht von roten und grauen Narben, den Verbindungsstraßen Ibadan – Lagos, Ijebu – Ode – Benin. Kleine Orte hatte der Urwald total verschluckt, die größeren erschienen als braune, flache Inseln. Nach 45 Minuten kam starker Gegenwind auf und drückte unsere Geschwindigkeit auf 80 Knoten. Über Funk erfuhr ich von einem Gewitter, das sich über Akure entlud, jedoch nach Norden abzog. Flugzeit $1\,^1/_2$ Stunden, Benin war nicht mehr weit, bald würde die Stadt sichtbar werden . . . Benin City tauchte nicht auf! Wie von Geisterhand gebracht, stand plötzlich eine schwefelgelbe Wolkenwand vor uns, ich stieg herab, um sie zu unterfliegen. Unmöglich. Sie reichte bis in die Baumwipfel der Urwaldriesen. Ausweichen nach Süden erschien mir als Lösung. Erste Blitze zuckten, Donner krachten, und in der Gewalt der Sturmböen taumelten wir durch die Luft. Sie rissen uns in alle Richtungen gleichzeitig. Der künstliche Horizont schien sich wie ein Kreisel zu drehen. Der Kompaß spielte total verrückt. Als Pilot bin ich mit 500 Flugstunden ein ziemliches Greenhorn, und in ein solches Unwetter war ich bisher noch nicht geraten. Über Stirn und Rücken lief kalter Angstschweiß. »Hier kommst du nicht heraus«, dachte ich. »Auf einer Urwaldpiste im Blindflug landen, das schaffst du nicht.« Ich riß den Vogel um 180 Grad herum und versuchte dem Gewitter davonzufliegen. Wie im Fieber schüttelte die kleine Cessna; um sie leidlich unter Kontrolle zu bekommen, klammerte ich am Steuerknüppel. Michael, merkwürdig teilnahmslos, ja gelassen – als befände er sich daheim in einer Waschküche, in der es galt, die Tür zu öffnen, um klare Sicht zu bekommen – suchte die Wolkenwand nach hellen Stellen ab, in denen wir uns bessere Sicht erhofften. Mehr taumelnd als fliegend, von Blitzen gejagt, änderte ich den Kurs auf Nordwest.

»Nur raus aus dem Urwald. Im Busch bleibt eine winzige Chance für eine Notlandung«, dachte ich.

Fast eine Stunde kämpften wir mit dem Unwetter, ohne daß es uns aus seinen Klauen entließ. Doch wurde ich ruhiger, denn seit einiger Zeit stand ich im Funkkontakt mit Akure, und da mußte ich runter, koste es was es wolle! Der Tower meldete dickes Unwetter über dem Fluggelände. Flughafen für jeglichen Verkehr gesperrt. Landeerlaubnis wurde mir verweigert.

Wütend brüllte ich: »Notfall« ins Mikrophon, »wir haben keinen Sprit mehr!«

Man war bereit, mich herunter zu lotsen. Ich gab meine

Position durch, der Afrikaner im Tower beschrieb die Landebahn. Ich stieg herab: 800, 400, 80 Fuß. Verdammt, wo war die Bahn. Ringsum grau – peitschender Regen, der uns hin und her riß. 40 Fuß! Jeder Sapelli- oder Makorébaum konnte uns jetzt abrasieren. »Da, rechts Vater – die Piste!« rief Michael. Gott sei Dank! Ich zog die Maschine nach Süden durch und landete. Die Böen waren dermaßen heftig, daß ich beim Aufsetzen die Piste zweimal hart streifte. Doch die Flügel hielten.

Ich mußte ziemlich mitgenommen ausgesehen haben. Als wir nämlich aus dem Flughafengebäude heraus waren und durch die Urwaldstadt Akure schlenderten, riet mir Michael, doch unbedingt ein Hotel aufzusuchen und etwas zu schlafen, er wolle sich inzwischen die Stadt ansehen. »Nur unter einer Bedingung«, willigte ich ein, »von dem Gewitter erzählst du Mutter kein Wort, verstanden!«

»Ehrensache!« Dann zog er ab.

Ondo-State, mit der Hauptstadt Akure, ist Yoruba Land. Der Ort selbst, ein von Auto und Technik überrolltes, dreckiges Provinznest, reizlos, uninteressant. Doch außerhalb, in Urwald und Busch gibt es noch Tradition, Stammesverbände, den Glauben an alte Götter, der dem Glauben ans Geld noch nicht restlos gewichen ist. In den entlegenen Dörfern werden kultische Tänze dargeboten, Mannbarkeitsriten vollführt, Fetische angebetet. Macht über den Körper haben die »Obas«, die Eingeborenenkönige. Macht über Seele und Geist die Medizinmänner. Ist es verwunderlich, daß Geheimbünde, allen voran der Voodoo-Kult, an den Nahtstellen zwischen Ahnenwelt und Technisierung wachsenden Zulauf erfahren? Schon häufen sich Berichte von Menschenopfern, in entlegenen Vororten wurden Menschenköpfe in Einkaufstaschen von Geheimbündlern entdeckt.

»Nur ein starker Zauber vermag die Yoruba-Seelen gegen Anfechtungen der Weißen zu retten«, erklärte einst ein Medizinmann aus Ikeja. Ritueller Kannibalismus ist der stärkste Zauber! Viele Yoruba und Ibo nennen sich Christen, ihren Vorfahren gleich, hält sie dennnoch eine mystische Geisterwelt in Bann. Yorubaland ist Urwaldland. Urwald, der wie eine Wand hinter jedem Dorf steht. Urwald, den man riecht, schmeckt, spürt – in dem die Angst Gestalt annimmt und nur durch Mut zu bändigen ist. Christentum im Urwald Westafrikas – absurd! Hier ist böser und guter Geist überall, in jedem skurilen Ast, in jedem Blatt, Stein, Schatten, im Licht. In jeder Ansammlung von Geräuschen, Lauten, Farben . . . Yorubaland ist aber auch Geschichtsland. Land einst mächtiger Königreiche, deren kulturelle Mittelpunkte im 14. und 16. Jahrhundert Ife und der Stadtstaat Benin verkörperten. (11)

Als in Lagos graue Regen die Sonne für Tage verdunkelten und Tropengüsse die Straßen knietief unter Wasser setzten, flog ich mit der Familie nach Sokoto, dem Sultanat an der nigerischen Grenze. Hier oben sprach man schon von einer Regenperiode, wenn im Abstand von 14 Tagen ein Gewitter das dürre Land benetzte. Sie atmete dann, die Sahelzone, und jedes vom Wind herbeigetragene Samenkörnchen sprießte, und die Sandfelder wurden zu grünen Hügeln. In dieser Zeit kamen noch mehr Tuareg (12) aus dem Norden der Sahara, um Kamele, Schafe, Ziegen für die endlose Wanderung, zurück in die Wüste, zu stärken.

Im islamischen Norden Nigerias, wo stolze Haussa- und Fulanistämme leben, ist die unsichtbare Macht in Händen sogenannter traditioneller Herrscher: Sultan Abubarka der Dritte von Sokoto, Emir Alhaji Ado Bayero von Kano zum Beispiel, die sich um irdische, doch hauptsächlich religiöse Belange ihrer Untertanen sorgen. Ihr Einfluß bleibt von den Militärgouverneuren, ihren Nachfolgern, den zivilen Administratoren (13) – jedem der 19 Bundesstaaten ist eine solche selbstverwaltende Instanz zugeordnet – ja selbst von der Zentralregierung in Lagos unangetastet. Denn nur in Kooperation läßt sich Nigeria, lassen sich 300 Stämme mit noch mehr Sprachgruppen regieren!

In Sokoto stand ein Ford bereit, der uns auf einer guten Asphaltstraße an das 130 Kilometer südöstlich gelegene Dammbau-Projekt brachte. Die einzige Abwechslung unterwegs boten urwüchsige Affenbrotbäume, von denen, typisch für die Landschaft, bucklige Geier herunteräugten.

Eine Stunde später: Weithin sichtbar wehten Staubfahnen, die Aktivität in der Sohle des noch trockenen, neuen Flußbettes verrieten. Wir fuhren hinab. Ruth blieb im klimatisierten Wagen, als ein Bauleiter im offenen vierradgetriebenen Suzuki entgegenkam, in den dann Michael und ich umstiegen. Über Geröllhalden führte ein beschwerlicher Pfad zum eigentlichen Baugeschehen. Zu einem gewaltigen Kessel hatte man halbmondförmig Erddämme aufgetürmt, an deren Böschungen unsere Raupen und Bagger wie Spielzeug gruben. Michael war sprachlos über den Einsatz ganzer Flotten von Erdbewegungsmaschinen.

Im Kessel brummte und toste es von zigtausend PS, und

die Szene machte den Eindruck eines militärischen Aufmarsches von strategischer Bedeutung.

Wir hatten fast 3000 nigerianische Arbeiter konzentriert, von denen viele per LKW aus den umliegenden Dörfern, ja selbst aus Sokoto herangefahren wurden, und wenn betoniert wurde, ging's rund um die Uhr. Dazu installierten die Elektriker eine Flutlichtanlage, die den unteren Teil des Kessels – so groß wie fünf Fußballstadien – taghell erleuchteten; dann rasten Generatoren, daß man sein eigenes Wort nicht mehr verstand. Am Scheitel des rechten Damms schloß sich eine Betonwand an, durch deren geplante Schleusen die Wasser des Sokotoflusses zur Stromerzeugung in das tieferliegende Flußbett stürzen sollten.

Eine Wand, die 1,8 Millionen Kubikmeter Stahlbeton barg, 300 Meter in der Länge und 200 Meter in der Höhe bei einer Dicke von 30 Metern maß. Sie war leicht gebogen und wirkte wie eine Faust, drohend in den azurblauen Himmel gerichtet.

Im Moment wurde die Schalung für die zweite Wand erstellt. In schwindelnder Höhe hingen schwarze Zimmerleute und ließen sich von Turmdrehkränen Plattenelemente einhängen, die sie geschickt zu einer stabilen Holzwand zusammenfügten. Unweit des bizarren Schauspiels fraßen sich, in der Tiefe des Beckens gestaffelt, Bulldozer in jungfräulich, felsigen Boden, um, wie von unsichtbarer Regie gesteuert, endlos aufgereihte Sattelschlepper zu beschicken. Beladen heulten die Schlepper, turmhoch in roten Staub gehüllt gen Westen, wo sie sich ihrer Last entledigten.

Motorenlärm und das Ächzen und Stöhnen von geschundenem Fels machten keine Verständigung durch Zuruf möglich: Vorarbeiter am Boden, zwischen Kran und den Menschen in der »Wand« dirigierten per Funksprechgerät das Manöver: Einhängen von Schalungselementen. Es kam auf jeden Millimeter an. Mit stockendem Atem verfolgte Michael die Szene. Ein unvorsichtiger Schwenk mit dem Kranausleger, die kleinste Unachtsamkeit . . . und Zimmerleute konnten das Gleichgewicht verlieren, in den Abgrund, in den Tod stürzen . . . Alles ging gut, die Teile schwebten sauber ein und wurden mit geübten Griffen montiert.

Michael stand nur da und ließ das Treiben auf sich wirken, schließlich meinte er gebannt: »Anders kann's beim Bau der Pyramiden auch nicht zugegangen sein.«

»Na, Michael«, gab ich zu bedenken, »für solche Erdbewegungen hätten die Ägypter sicher 50 000 Mann gebraucht.«

»Möglich. Wieviel Wasser faßt die Talsperre später?« fragte er.

»Ihr Stauinhalt wird 5000 Millionen Kubikmeter betragen. Und die Dammkrone«, ich zeigte über den Erdwall, »ist fast zweieinhalb Kilometer lang.«

»Unheimlich«, staunte Michael.

»So unheimlich ist das nicht. Nigerias größter Staudamm, der Kainji, er staut den Niger, ist dreimal und der Assuan-Damm gar 33 mal so groß. Aber immerhin wird Mafara gut 20 mal größer, als die größte deutsche Talsperre sein.« Die Kommandozentrale: ein Baubüro im sudanesischen Baustil gemauert, mit dicken, lehmverschmierten Wänden um die Hitze notdürftig auszusperren, lag etwas abseits auf einem Hügel von dem das Baugeschehen gut zu überblicken war.

Mücken und Moskitos stürzten sich in allen Räumen auf schweißnasse Nacken und Gesichter. Klaus Bürger, der erste Bauleiter und wichtigste Mann vor Ort, hatte die

Füße auf den Tisch gelegt und sein massiger Körper den Stuhl auf die hinteren Beine gekippt.

Ohne zu klopfen marschierte ich in sein Zimmer. Bürgers Kopf war kaum zu sehen, Pfeifenrauch hatte ihn eingenebelt – seine Art Moskitos zu vertreiben.

»Tag Bürger, altes Haus!«

»Tag Hansen«, krächzte er.

»Was machen die Bauabschnitte?«

Schwarze Locken hingen ihm klebrig im Gesicht, er sah mich von der Seite an. »Wissen Sie, was mir an diesen verdammten Auslandsjobs gefällt? – Daß ich mit meinen Vorgesetzten reden kann, indem ich so sitzen bleibe.«

»Dafür dürfen Sie auch sechzehn Stunden schuften und bekommen 'ne Fahrkarte, wenn's nicht funktioniert.«

Wir lachten herzhaft. Ich schob Michael und mir Stühle an seinen Schreibtisch, dann goß ich uns Pappbecher voll, mit kühlen Wasser aus seiner Fünf-Liter-Thermosflasche.

»Also, wie sieht's aus? Im Plan? Unfälle? Scherereien?« fragte ich.

Ich ließ mir von Bürger an Hand verschiedener Zeichnungen und Pläne den Baufortschritt erläutern. Bürger war der beste Mann, der vor zwei Jahren auf einem Deutschlandurlaub aufzutreiben war. Er hatte an verschiedenen Großprojekten der Welt mitgemischt, zuletzt beim Hafenbau Richards Bay in Südafrika. Wasserbauingenieur war er, 45 Jahre alt, unverheiratet, Abstinenzler in jeder Hinsicht, nur sich selbst vertrauend und von einer penetranten Wortkargheit. Ein Wanderarbeiter par excellence, vom Schlage eines unsinkbaren Schiffes. Ein Typ, der nie kaputt gehen konnte!

Die Arbeiten kamen gut voran, dennoch gab es keinen Grund zum Jubeln: In vierzehn Tagen war Ramadan,

Fastenzeit. 80 Prozent unserer Arbeiter mohammedanischen Glaubens aßen und tranken in diesen vier Wochen nur zwischen Sonnenuntergang und Sonnenaufgang. Bei 45 Grad im Schatten kippten sie dann um wie die Fliegen. Es mußte vorgearbeitet werden – bei Terminüberschreitung warteten empfindliche Konventionalstrafen auf uns! Als wir die technischen Probleme besprochen hatten, war die Personalsituation an der Reihe.

»Noch mal so 'ne Partie Pflaumen und ich verleg mich aufs Marmelademachen«, wetterte Bürger.

Er hatte recht, mit dem weißen Führungspersonal, ab Meister aufwärts bis zu den Sektionschefs gab es in dieser Einöde Probleme. Bei weitem nicht jeder gute Fachmann ist für den Übersee-Einsatz unter Bedingungen wie diesen brauchbar. Schweren Herzens sah ich manchen schon nach wenigen Tagen abreisen, weil er sich etwas anderes unter einem Afrikajob vorstellte. Oder wir mußten die Rückreise veranlassen, da er unsere Längergedienten durcheinanderbrachte. Die schlechtesten Erfahrungen haben wir mit Männern gemacht, die einen Auslandseinsatz zur Lösung ihrer privaten Probleme verstanden – unerwiderte Liebe, eine gescheiterte Ehe vergessen wollten – fast alle wurden zu Problemfällen, die sich kein Team, das mit dem vollen Einsatz eines jeden rechnet, leisten kann. Auf den Baustellen wie der unseren waren die besten Partner illusionslose Männer mit Selbstdisziplin, von dem Willen durchdrungen, in unwirtlichen Gegenden etwas auf die Beine zu stellen – für gute Bezahlung natürlich. Unkomplizierte Pioniertypen, gefeit gegen jegliche Art von Campkoller.

»Wenn wir gute Leute halten wollen, müssen wir mehr Abwechslung bieten«, meinte Bürger. »Wie wäre es mit einem Swimming Pool?«

»Nicht genug, besonders nicht, weil man nach 14 Stunden Arbeit kein großartiges Badeleben pflegt.«

Nachdenklich fuhr ich mit Bürger zurück. Am Campleben mußte sich etwas ändern, das war klar. Als ich mit Ruth die Baustelle verließ, hatte ich eine Idee.
»Na, klar«, dachte ich, »so kriegen wir die Sache in den Griff und eine zufriedene Mannschaft auf die Beine.«
Michael war für heute vom Damm nicht mehr wegzuholen, vor Ort wollte er sich alle Einzelheiten erklären lassen.
Unser Fahrer schlug den Weg in Richtung des Camps für Europäer ein. Es lag südlich des Projekts inmitten leicht welligen Buschlandes, mit krüppeligen Gelbrindenakazien bewachsen. Das Gelände war vier Quadratkilometer groß und mit einem Zaun umgrenzt. Zwei malerische Rundhüttendörfer entstanden in unmittelbarer Nähe – unser Wachpersonal lebte dort. In einem sanften Tal, in strengem Kontrast dahinter, erstreckte sich ein anderes Lager, und zwar das von 600 nigerianischen Facharbeitern, die wir aus einem Umkreis von über 500 Kilometern rekrutierten. Vor dem Eingang erhob sich aus dem Staub ein Tuareg, in schwarzem Burnus und blauem Lithan (Gesichtsschleier). Eine Sonnenbrille machte ihn unkenntlich und ein langes Schwert an seiner Seite zum mittelalterlichen Burgwächter. Er drückte den rot-weiß gestrichenen Schlagbaum hoch und rief: »Bonjour«, in den Wagen. Danach setzte er sich und widmete sich wieder seinem Tee. Über die gesamte Campfläche verteilt, standen planquadratisch angeordnete solide Steinhäuser, dahinter kleinere Anbauten, sogenannte Boyquarter, für den Kochsteward samt Familie. Fulami oder Tuareg lagen vor den Hauseingängen als Wächter. Ihr

Hab und Gut bestand aus dem was sie am Leibe trugen: Lendenschurz die Fulami, Burnus die Tuareg, einer Bastmatte, einer Teekanne, einem Stampftopf mit Stößel, ihren halbnackten Frauen und zwei – drei Kindern. Für zwanzig Naira pro Monat als Dayguard und fünfundzwanzig als Nightguard beschäftigten wir die Leute nur symbolisch. In einem geschlossenen Camp erübrigt sich eine Bewachung einzelner Objekte.

Alle Häuser machten einen sauberen, allerdings langweiligen Eindruck. Vor Beginn der Dammbauarbeiten hatten wir sie für die europäischen Mitarbeiter im Hauruckverfahren erstellt und ich muß sagen, so sahen sie leider auch aus. Ein verwaistes, leicht grün vermoostes Schwimmbecken und ein beachtlicher Brunnen mit Windrad bildeten das Zentrum. Von zwei befestigten Straßen aus, die die Anlage kreuzweise durchschnitten, zweigten mehrere staubige Wege ab, die zu den einzelnen Häusern führten.

Die Mittagshitze tanzte auf dem Asphalt, drückende Stille lag über der Siedlung und die leeren Häuser gaben dem Ganzen den Anschein eines verlassenen Goldgräber-Camps. Hie und da huschte ein Eingeborenenkind von einem Hausschatten in den anderen. Trostlos!

Später im Gästehaus fragte ich Ruth: »Wie gefällt dir das Camp?« Sie schaute mich an und ihre spontane Antwort war: »Überhaupt nicht, Albert. Sei mir nicht bös', aber hier kann man weder leben noch sich wohlfühlen. An diesem Ort hält's keiner lang' aus!«

»Wär' denn 'was draus zu machen?«

»Warum nicht, wenn sich jemand darum kümmert.«

»Darum kümmert ist gut, wir haben zwei Campmanager, aber die strotzen nicht vor Ideenreichtum. Sie sehen ihre Hauptaufgabe in der Logistik: Essen und Trinken besorgen. Außerdem werden sie, aus Gründen der Personalknappheit, am Damm eingesetzt.«

Ich erläuterte Ruth meine Sorgen: »Ich bräuchte jemanden, der sich um die knapp bemessene Freizeit unserer Leute kümmert. Einfach etwas auf die Beine stellt. Du hast recht, hier hält es keiner lange aus. Und wenn unsere Stammannschaft abwandert, sieht's schlecht aus. Fünfzig Europäern muß einfach etwas geboten werden! – Hättest du nicht Lust, die Sache zu organisieren?«

Sie dachte nicht lange nach und sagte tatsächlich zu. Ich blieb noch zwei Tage in Mafara, besorgte ihr einen Sekretär für Schreibarbeiten, einen Steward, der ein Zwei-Zimmerhaus für sie in Ordnung hielt und flog zufrieden und gutgelaunt, da Ruth offensichtlich eine Aufgabe gefunden hatte, die ihr Spaß machte, mit Michael zurück nach Lagos. Mehr als drei Tage Schuleschwänzen konnte ich ohnehin nicht verantworten.

Heute bin ich absolut sicher, daß Ruth nicht mehr bei mir wäre, hätte sie den Job in Mafara abgelehnt.

Kaum eine Woche später nämlich war unser Haus, ja die ganze Emotan Road, in hellster Aufregung. Es muß zwei Uhr morgens gewesen sein, als zwei Schüsse krachten. Ich sprang aus dem Bett, eilte mit einem Handscheinwerfer ans Fenster und leuchtete in den dunklen Hof. Am Tor lag Achmet angeschossen in einer Blutlache. Ich hastete zu Michael, um ihn zu beruhigen. Unten klirrte Glas und polterte es, als transportierte man schwere Gegenstände.

Einbruch! Überfall! Alles zusammen. Was nicht niet- und nagelfest war, wurde weggeschleppt: Tiefkühltruhe, Stereogerät, Fernsehapparat . . .

Profiarbeit! Nach wenigen Minuten waren die Gangster verschwunden. Ich schlich hinunter. Vor der Treppe schlief Odin: betäubt. Im Hof Achmet: tot. Im Boyquarter, unter dem Bett und schlotternd vor Angst: Simion. Pünktlich um zehn Uhr, zur Teestunde, erschien die Polizei, . . . wie fast alle Fälle dieser Art, wurde auch unserer nie aufgeklärt.

In den folgenden Wochen weilte ich oft in Mafara. Michael kam in der Zwischenzeit bei Bekannten unter. Ruth setzte sich im Camp großartig ein und hatte vieles verbessert. Die Aufgabe schien sie zu begeistern. Am Swimming-Pool wurde ein Clubhaus gebaut, das die Gemütlichkeit eines englischen Pubs ausstrahlte. Zur Einweihung – es war das gelungenste Fest, das wir jemals auf die Beine stellten – waren die Reden voll des Lobs für sie. Vor fast allen Häusern blühte es in den Vorgärten, die von rauhbeinigen Baustellenveteranen liebevoll gepflegt wurden, denn die drei schönsten sollten prämiert werden. Sie ließ kleine Läden einrichten, in denen es allerlei Nützliches, wie Kurz- und Schreibwaren, zu kaufen gab, eine Kantine wurde eröffnet, in der Europäer aßen, denen die Küche ihres einheimischen Personals nicht schmeckte. Jeder schwarze Campangestellte lief in einer sauberen Uniform mit Firmenemblem herum, alle fühlten sich wie eine große Familie. Einmal pro Woche trieben Haussa-Hirten ihre fettesten Hammel heran, denn die Kolonie veranstaltete ein Spießbratenessen. Am Pool konnte man Tisch- und Platztennis spielen und im Club trafen sich die Skat- und Schachbegeisterten. Größten Zulauf hatte ein Spielfilmabend. Ruth ließ ein Fernsehgerät samt Videorekorder aus Frankfurt kommen, um mit anderen deutschen Firmen in Sokoto, Kano und Kaduna Filme austauschen zu können. Bald kamen die ersten Deutschen mit Familie, einige sogar mit schulpflichtigen Kindern. Der Lohn ihrer Arbeit war, daß sich alle Ankömmlinge wohlfühlten. Es dauerte nicht lange, da wurde unserer Forderung nach einem deutschen Lehrer und einem Arzt stattgegeben und allmählich gedieh das Mafara Camp zu einer fast autarken Einheit. Die natürlich nie ohne Probleme und Nöte blieb: auf ungeklärte Weise starb unser Maschineningenieur Egon Meyer unter furchtbaren Bauchkrämpfen, wenige Tage später der Straßenbaumeister.

Dann wurden viele unserer schwarzen Arbeiter von Hirnhautentzündung befallen. Zur gleichen Zeit warf es den ersten Bauleiter für eine Woche mit heftigen Kopfschmerzen auf's Krankenlager. Unser Doktor befürchtete, die heimtückische Krankheit hätte auch ihn befallen. Gottlob traf es nicht zu. Im September mehrten sich Fälle von Malariaerkrankungen. Und im gleichen Monat mußten wir einen Engländer und einen Deutschen wegen lebensgefährlicher Gelbsucht ausfliegen . . .

An einem Sonntagabend herrschte große Aufregung, als ein Fahrer erschien und berichtete, fünfzehn Mann aus unserem Camp seien in Sokoto verhaftet worden. Ich war zufällig da, also brauste ich mit Klaus Bürger sofort in die Stadt und aufs Revier. Zweimal einhundert Naira in zwei Briefkuverts steckten in meiner Brieftasche.

»Was ist los mit dem Alhaji. Wenn er Dash braucht, hat er doch sonst nicht unsere Leute eingefangen?« brummte Bürger.

»Ich fürchte, bei der Polizei gab's personelle Umbesetzung und unsere Verbindungsleute haben wieder geschlafen.« Auf der Wache ging es heiß her. Unsere Leute fluchten hinter schweren Zellengittern und Polizisten fuchtelten aufgeregt mit ihren Karabinern herum.

Der wachhabende Offizier, ein neuer Mann, stur wie ein Panzer, redete von Spionage und Widerstand gegen die Staatsgewalt – mit ihm zu verhandeln war zwecklos.

Von den Männern erfuhr ich, daß sie auf dem Markt von Sokoto fotografiert hatten – sicherlich etwas zu aufdringlich – und das bringt in Nigeria unweigerlich Ärger.

Ich entschloß mich, geradewegs Oberst Alhaji Sully Abu, den Innenminister des Staates Sokoto, aufzusuchen.

Selbst zu dieser fortgeschrittenen Stunde ließ er mich vor. Wir machten es uns auf schönen Biedermeiermöbeln bequem, die ich ihm als Antrittsgeschenk besorgt hatte, plauschten über die Regenzeit, den Baufortschritt, über Politik. Ich lud ihn zu einer Besichtigung ein und meinte, daß der Damm nun doch nicht rechtzeitig fertig werden würde.

»Nicht fertig?« hob Sully Abu erstaunt die Augenbrauen.

»Ihre Polizei hat fünfzehn meiner besten Männer festgesetzt.«

»Nun ja«, lehnte er sich gelassen zurück. Natürlich war er in allen Einzelheiten unterrichtet. »Spionage ist ein schweres Vergehen in Nigeria. In vier, fünf Wochen aber werden sie wieder frei sein – oder ist das zu lang?«

»Alhaji, für Spionage sollten sie 10 Jahre sitzen und täglich 20 Stockhiebe erhalten. Aber meine Leute haben die Schönheiten Nigerias zur Erinnerung aufgenommen!«

Er dachte eine geraume Zeit nach, schließlich lachte er und rief einen Sekretär herbei, dem er auf Arabisch etwas sagte, dann an mich gewandt: »Ihre Männer kommen frei, aber die Filme in den Kameras konfisziert Hauptmann Abdullahi.«

»Der neue Polizeioffizier?«
»So ist es.«
Mit dem Sekretär des Innenministers fuhr ich zur Wache
zurück. Im Morgengrauen waren unsere Leute frei, der
Hauptmann, sichtlich guter Stimmung, zählte das Geld
aus zwei Kuverts und bewachte einen Berg unbelichteter
Filme.

Alljährlich geht im Nordwesten Nigerias etwas sehr seltsames vonstatten. Und zwar im Februar, wenn der Soko-
tofluß, der übrigens bei Bahindi in den Niger mündet, die
Reisfelder frei gibt und sich in Folge der Trockenheit in
sein Bett verzieht, wimmelt es an einer bestimmten Stelle
des Flusses nur so von Fischen. Diese Stelle liegt bei
Argungu, einem kleinen, landschaftlich recht hübsch
gelegenen Städtchen und dort herrscht Fischverbot.
Außer an einem Tag, den der Emir festlegt.
An diesem Tag findet in Argungu ein Wettfischen statt.
Am Nachmittag vorher trafen wir als geladene Gäste ein
und bezogen saubere Ferienhütten hinter vorbereiteten
Tribünen, beides eigentlich nur V.I.P.s (14) vorbehalten.
Abends saßen wir bei kalten Drinks in Gesellschaft einer
Menge einflußreicher Alhajis und beobachteten von der
Terrasse aus, wie die ersten Fischer anrückten. Es sah aus
als hätten sie gewaltige Wasserköpfe, doch als sie näher
kamen, erkannte man, daß sie Kalebassen (15) auf den
Häuptern trugen. Sie zogen an uns vorüber, lachten aus-
gelassen und grüßten, wie im Norden des Landes üblich,
mit der zur Faust geballten rechten Hand. Als sie die
Flußniederung erreichten, verschmolzen sie zu tanzen-
den Strichmännchen in der Abendsonne.
Tagsdarauf saßen wir erwartungsvoll auf der Tribüne.
Beiderseits des Sokotos, etwa zwanzig Meter vom Ufer,

standen die Fischer mit ihren Kalebassen und ihren beiden Handnetzen in den Startlöchern. Zweitausend Mann, einer neben dem anderen. Dann krachte ein Schuß. Sie rannten auf das Ufer zu und stürzten sich in das Wasser.

Augenblicke später kochte der Fluß: Netze stiegen auf wie Flügel, Kalebassen wie Blasen. Die Fischer tauchten in die braune Brühe und jedes Mal, wenn sie hochkamen, hielten sie etwas Zappelndes in der Hand, das sie eilig in die Kalebasse steckten oder, falls es zu groß war, im Laufschritt an Land schleppten. Netze, Arme, Menschen tauchten unermüdlich in den Fluß, und die Männer schleppten Fische an, die 80, 100 ja 150 Pfund wogen.

Nach einer Stunde etwa lagen etliche tausend Pfund Fisch am Ufer. Die letzten Fischer verließen den Fluß und ich war überzeugt, an dieser Stelle des Sokotos gab es keinen Regenwurm mehr. Die Show war vorbei, das Wettfischen zu Ende, bis zu einem Tag im nächsten Februar.

Es ging zur Preisverteilung: die Fänger der größten Fische gewannen Geld, Mopeds, Fahrräder, Radios. Dem Gouverneur des Staates Sokoto wurde zum Abschluß ein 208 Pfund schwerer Wels von 1,80 Meter Länge übergeben. Das Fest klang mit einem gewaltigen Fischschmaus unter freiem Himmel aus, bei dem die Geier auch nicht zu kurz kamen.

Michael war von den Persönlichkeiten am Kopf unserer Tafel ungemein beeindruckt. Nun, den Gouverneur in der Ausgehuniform eines Oberstleutnants, besonders aber Sultan Abulbarka, oder die Emire aus Zaria und Ilorin in wallenden Gewändern und geheimnisvoll verhüllten Gesichtern, bekam man so unmittelbar nicht alle Tage zu Gesicht. Natürlich wurde nach Landessitte mit den Fingern gegessen und die Fischstücke in eine höllisch scharfe Pfeffersoße getunkt, beides rutschte wie Feuer in den Magen. »Wo bleibt nur das kühle Bier für die Ungläubigen«, dachte ich. Neben Reis, allerlei undefinierbaren Innereien, wurde vorzügliches Schmalzgebäck gereicht. Zum Abschluß – um vor lauter Magenfülle nicht schlapp zu machen – knabberte man wie üblich an bitteren Colanüssen herum.

Kurz vor Ostern flog Ruth nach Lagos. Ihren Job hatte sie der Frau des Vermessungsingenieurs übertragen, und er wurde mit gleichem Engagement weitergeführt. Ich hatte in der Zwischenzeit ein schönes Haus mit herrlichem Garten in Ikoyi gemietet. Und sie brannte darauf, es einzurichten und wohnlich zu gestalten.
Mit Sorgfalt suchte Ruth das Personal: einen Wächter, den Gärtner und einen Kochsteward aus, und machte rasch verläßliche Angestellte aus ihnen. Im hektischen Lagos hatte sie alsbald eine Insel der Behaglichkeit und Ruhe geschaffen, die jeder von uns, aber auch Gäste genossen. Abends hatten wir sehr oft Besuch. Wir pflegten – sofern es meine Zeit erlaubte – ein geselliges Leben.

Michael, zum Spielführer seiner Baseballmannschaft aufgerückt, genoß das neue Heim besonders, es stand in unmittelbarer Nähe seiner Schule. Erstmals in Afrika hatte ich so etwas wie ein zu Hause, einen Ort, wo ich mich wohlfühlte, wo selbst meine Familie gern zu sein schien. Ich war froh darüber. Am schönsten war es, wenn wir an den Sonntagnachmittagen zusammen zum Strand fuhren, über das aufgewühlte Meer blickten, erzählten und Pläne schmiedeten, einfach nur zusammen und glücklich waren. Ich wußte, daß ich die Zeit auskosten mußte, denn irgendwann – vielleicht schon bald – würde sich manches ändern.

Mitte April erhielten wir zwei Aufträge: den Hubschrauberlandeplatz und das Verwaltungsgebäude in Port Harcourt. Ich führte die endlosen Verhandlungen, organisierte die Baustelle, machte Rohmaterial ausfindig, schlug mich mit Behörden herum – es war eine zermürbende Zeit. Meine Familie sah mich nur noch selten.
Seit Wochen waren wir nicht mehr zum Strand, an den Victoria Beach, gegangen. Gehetzt flog ich zwischen Sokoto, Port Harcourt und Lagos hin und her, die Nächte verbrachte ich schlaflos – über Finanzierung, Termine, Gewinne grübelnd, in irgendwelchen Hotels unterwegs. Ich fühlte mich müde und gestreßt, wollte schlafen, meine Ruhe haben, doch die Ereignisse rissen mich hoch: Personal mußte ran, Geld mußte ran, Zement, Eisen, Geräte . . . Zwischendurch Konferenzen mit nigerianischen Gesellschaftern, deutschen Partnern; die Muttergesellschaft zitierte mich nach Frankfurt: »Wo bleiben die Gewinne, Herr Hansen? Mit dem letzten Geschäftsjahr können wir aber nicht zufrieden sein! – Wir wissen, Sie tun ihr Bestes, aber das reicht eben nicht!«

Wieder in Lagos: um noch schneller, noch flexibler zu sein, erstand ich eine gebrauchte Piper. Von nun an nannte man mich den »rasenden Manager«. Ich flog nur noch, am Tage kreuz und quer durch Nigeria, nachts im Halbschlaf über Urwälder und Sümpfe, um neue Straßentrassen zu erkunden (In dieser Zeit taten mir Ruth und Michael sehr leid.) Zum Glück hatten sie sich gut eingelebt. Ruth besaß einen großen Bekanntenkreis, spielte Tennis oder Bridge, und traf sich mit Freunden aus dem Club, während Michael beim Sport aufging. Ich blieb das ganze Jahr über pausenlos eingespannt.

Als der Umsatz bei 40 Millionen Naira pro Jahr lag, und Gewinne die Gesellschafter freundlich stimmten – auf dem Bau fast 5000 Afrikaner für uns und Nigeria wühlten – da war es so weit – ich brach zusammen.

Das Ereignis habe ich noch genau vor mir: Erschöpft von einer sechsstündigen Kreditverhandlung von der Bank of North-East auf mein Zimmer gekommen, ging die Tür auf und ein Bote brachte den Straßenbauauftrag über 35 Millionen Naira, dem ich wochenlang nachgejagt war. Ich freute mich nicht, legte mich nur aufs Bett und fror entsetzlich, dann überfiel mich ein Hitzeschauer, der Körper zitterte und stechende Schmerzen durchfuhren meinen Schädel ... Ich hatte einen heftigen, ersten Malariaanfall. Aus dem Central Hotel von Kano brachte man mich auf dem Luftweg nach Lagos. Zu Hause fesselte mich Fieber um 41 Grad für vier Tage ans Bett. Als ich wieder laufen konnte, sagte mir der Arzt, daß es nicht gut um mich stünde, er hätte Herzrhythmusstörungen festgestellt. Ich hörte mir seine Diagnose an und beschloß auszuspannen. Selbst, wenn es nur für einige, wenige Wochen sein sollte, denn es schien höchste Zeit zu sein.

Wie damals, fuhr ich tagsdarauf mit meiner Familie zum Strand. Der Tag war windig, wie immer zu Beginn der Regenzeit, aber klar und heiß. Wir saßen unter einem Bambussonnenschutz und schauten aufs Meer.
Schwimmen konnte man nicht, die Brandung lief hoch auf und war gefährlich. Niemand wagte sich hindurch. Am Strand wimmelte es von Menschen, die Entspannung

suchten. An diesem Streifen lagen meist Europäer. Viele davon kannten wir. In Lagos leben rund 10 000 Ausländer, davon 4000 Deutsche. Sonntagsnachmittags traf sich alles am Strand. In der Bucht segelte ein Fischerboot. Die See war bewegt, und das Boot hielt auf uns zu.

»Ungewöhnlich«, dachte ich. Doch dann lenkten mich die fliegenden Händler, die Krüppel, die Kinder ab – alle Armut Nigerias schien sich heute Nachmittag versammelt zu haben.

Wie selten zuvor belastete mich diese Armut. Ich hatte die wirre Vorstellung, dafür verantwortlich zu sein. Armut ist schlimm. Nigerias Armut ist unvorstellbar! In Scharen zogen Habenichtse an mir vorbei – arme Teufel in einem reichen Lande.

»Dash me Master, dash me!« bettelten kleine Kinder und Greise. Nein, sie bettelten nicht, sie forderten, denn du, ich, ihr, die ihr das Geld abgeschöpft, kassiert habt, seid verantwortlich für dieses Jammertal. Dem Heer der Verdammten und Unterprivilegierten wurde millionenfach, täglich in schamloser Penetranz durch Werbung, Radio, Fernsehen, das heile, satte Leben einer Handvoll Arrivierter vorgegaukelt. Produzenten weckten bedenkenlos Konsumgelüste, die der Nigerianer in Slums – und da lebten doch die meisten! – nur durch Gewalt befriedigen konnte. Das ist es, was die Armen hier so aggressiv macht. Und mich in diesem Land, in diesem Moment, so maßlos deprimierte.

Rechts von uns, am Strand, fanden sich eine Menge Schaulustiger ein. Ich stand auf, um zu sehen, was geschehen war. Der Fischer – vorhin noch draußen in der Bucht – kämpfte einen verzweifelten Kampf in der Brandung.

Immer mehr Menschen, schwarze und weiße drängten ans Ufer. Da klickten und surrten die Kameras. Es war eine Sensation, wenn ein Fischer am Victoria Beach durch die Brandung kam. Der Mann hatte sich achtern aufs Boot gestellt.

Ich konnte sein Gesicht erkennen: ruhig und konzentriert. Die Brecher rollten von hinten heran, den ersten parierte er meisterhaft, der zweite kam zu schnell hinterher, drückte das Heck in die Tiefe und den Bug senkrecht gen Himmel. Damit war der Kampf entschieden. Wie ein willenloser Baumstamm torkelte der Rumpf in weißer Gischt. Planken lösten und schoben sich auf den Strand. Wo blieb der Fischer? Hatte ihn die Brandung zermalmt?

Endlich tauchte er auf, er schien verletzt, der Sog zurücklaufenden Wassers zerrte ihn wieder und wieder in die Brandung. Niemand war beherzt genug, ihm zu helfen. Eine lange Woge trug ihn schließlich so hoch an den Strand, daß er, von zwei Nigerianern ergriffen, hinauf in den trockenen Sand geschleppt werden konnte. Schwer atmend erhob sich der Fischer, umgeben von Gaffern stand er da, verlegen wie von einem anderen Stern und blickte hinüber zu seinem Boot, das kieloben von der Brandung gepeinigt wurde. Der Fremde war an seiner rechten Schulter verletzt. Ein breiter Blutstreifen bildete sich auf seiner Brust. Rotes Blut auf schwarzer Haut – das war doch etwas für die Kameras! – nach einer viertel Stunde hatte sich auch der letzte Schaulustige sattgesehen und ließ den Mann allein. Und diesen schien nur sein Boot zu interessieren; er behielt es immer im Auge.

Ich trat zu ihm. »Mein Name ist Albert Hansen«, sagte ich, »ich möchte ihnen helfen.«

In all meinen Jahren in Afrika habe ich Neger schreien

und brüllen hören in Todesangst, oder wenn ihnen Arme und Beine abgeschnitten wurden, aber ich habe noch nie einen wirklich weinen sehen. Der fremde Fischer weinte, still liefen ihm Tränen über die schwarzen Wangen. Er schien mich nicht verstanden zu haben. Ich wiederholte: »Fischer, ich möchte dich dashen.«

Langsam wendete sich der Fremde mir zu, sah mich erstaunt an und sagte in gutem Englisch: »Weißer Mann, Sie können mich nicht dashen.«

Er schaute wieder zu seinem Boot, dann setzte er sich in Bewegung, mit müden Schritten, ging er in östlicher Richtung den Strand entlang. Ich sah ihm lange nach, bis er als kleiner Punkt verschwand . . . und schämte mich. Und als ich zu meiner Familie durch den heißen Sand stapfte, stand für mich fest: diese Menschen, diese stolzen Fischer wirst du einmal besuchen.

Schweigsam fuhren wir nach Hause. Ruth und Michael fragten mich über den Fischer aus, doch mir war nicht danach, das Erlebnis zu berichten.

In der Nacht, als ich mit Ruth alleine war, sagte ich: »Am Strand habe ich einen Menschen getroffen, einen armen verzweifelten Fischer, der kein Geld wollte. Mir ist, als habe ich einen anderen Menschen gesprochen, keinen aus Nigeria, keinen aus Afrika – vielleicht jemanden aus einer anderen Welt. Der Fischer hat mich sehr beeindruckt, Ruth, verstehst du das? Ich werde einmal dort hingehen.

»Ja, Albert, ich verstehe dich, gehe zu diesen Menschen, sie werden glücklich sein und dich glücklich machen.«

Und während ich da lag, in dem schönen Haus, dem sauberen Bett, in dieser großen Stadt, die so viel Elend konzentriert, dachte ich über den Sinn meiner Jahre in

Afrika nach. Einer aktiven aber unbefriedigenden Zeit, die mich um meine Gesundheit brachte.

»Ich habe auf einmal Zweifel, Ruth, daß wir Afrika mit unserer Unrast, mit unserer Technisierung, unserer Zivilisation etwas Gutes tun. Ich sorge mich um die Zukunft dieses Erdteils. Wir schaffen Projekte, die das moderne Afrika repräsentieren, das ist rote, blutende Erde im Auf- und Umbruch. Das ist geballte Technik des 20. Jahrhunderts, die Afrika besiegen, Europa nacheifern, am liebsten überholen will. Projekte, die Milliarden verschlingen, zusammen mit Urwald, Eingeborenendörfern und Großwild: Stahlwerke, Autofabriken, Hochstraßen – Afrikas Ehrgeiz ist gigantisch. Mit einem Mal stimmt es mich traurig, daß das Afrika, wie ich es auf vielen Reisen erlebte, schwindet, und ich an diesem Wandel beteiligt bin. Ja, Ruth, ich muß es heute gestehen, ich hänge an dem Zauber des Schwarzen Erdteils. Und doch stehe ich selbst hier im Getriebe für Neuerung und Umwälzung. 14 – 18 – 20 Stunden reißen Bagger die Erde auf, töten kreischende Winden die geheimnisvollen Laute des Urwaldes, fallen Baumriesen, ächzend und klagend, einer nach dem anderen, von Kettensägen gestreckt. Männer arbeiten verbissen, nur ein Ziel vor Augen: den Terminplan. Keiner merkt, daß das Tam-Tam der Trommeln der Sprache von Savanne und Urwald, den schreienden Radios, den Lautsprechern, den Plattenspielern weicht. Man dreht sich im Räderwerk, ohne Besinnung, und es überkommt mich verdammter Schauder vor der Tüchtigkeit. Wir sind alle so modern, so lieblos, so gehetzt, blicken nur vorwärts. Wohin um alles in der Welt? Soll mir jemand sagen, wohin?«

»Du bist müde und abgespannt«, sagte Ruth.

»Müde und dennoch wach!« antwortete ich.

Das Dorf

Mir taten die Füße weh, als ich Lawani nach langem Marsch das erste Mal erreichte. Das Dorf lag da wie eine Oase – eingefaßt von Strand und hohen schlanken Kokospalmen, deren Wipfel sich im Wind neigten. Hoch auf den Strand gezogen, wie zum Stapellauf bereit, die Fischerboote, bunte Einbäume, einige länger, andere kürzer, mit schwarzbraunem Rumpf und leicht ramponiert. Aber alle kunstvoll bemalt mit Zick-Zack-Linien, Vogelköpfen oder Krokodilen an beiden Seiten des Bugs, in blau, rot und gelb. Zum Heck hin mit merkwürdigen Ornamenten und Symbolen versehen: Glückszeichen!
Über den Booten flatterten quadratische Segel, die man zum Trocknen aufgespannt hatte und zwischen Holzpfählen baumelte schweres Netzwerk.
Um in das Dorf zu gelangen, mußte eine seichte Lagune durchschritten werden. Ich sah das Dorf vor mir so friedlich, so greifbar nah, die kleinen sauberen Hütten, rund, aus Lehm, Stroh und Bambus, oder rechteckig aus Wellblech, und doch trennten mich Welten von ihnen.
Bläulicher Rauch stieg auf und verfing sich im Blattwerk üppiger Bananenstauden. Die Idylle war vollkommen, ich wagte sie nicht zu betreten, wollte als Fremder dieses Glück nicht stören.
Also ließ ich mich im Sand nieder und blickte über die Lagune. Ich genoß dieses Stückchen Erde als das schönste, welches ich je gesehen hatte. In Richtung Südosten,

zehn vielleicht zwanzig Kilometer weit, sah ich nur weißen Sand, gegen den die Dünung des Atlantiks rollte,
und hinter dem Strand wand sich wie ein seichtes Flüß-
chen die Lagune, von einer ungeordneten Reihe von Palmen bis an den Horizont hin umsäumt. Nach einer Weile
bemerkte ich Menschen in den Gassen und zwischen den
Hütten umhergehen und ich stand auf, um durch die
Lagune zu waten.
Da stellte sich mir ein Mann in den Weg. Er hatte, für
mich unsichtbar, hinter einem Busch gesessen. Höflich, ja
sogar freundlich, aber bestimmt, hinderte er mich am
Weitergehen. »Ein wahrer Engel Gabriel«, dachte ich,
»der mir den Weg ins Paradies versperrt.«
Der Afrikaner sprach mit mir; konnte ich ihn auch nicht
verstehen, so wußte ich doch, was er meinte: »Lawani ist
kein Ort für dich, Fremder, kehre um.«
Ich aber blieb stehen und wartete. Als die Sonne ins Meer
versank, stieg ein Fischer durch die Lagune und wollte zu
den Booten gehen; als er uns erblickte änderte er seinen
Weg und kam heran. Jetzt erkannte ich den Fischer, es
war der gleiche, der vor wenigen Tagen am Victoria-
strand gekentert war.
Ich sagte ihm, ich sei gekommen, um sein Dorf zu sehen,
um die Fischer zu sehen, die arm seien und doch unendlich reich. Er überlegte, schließlich sagte er, er wolle mich
ins Dorf führen, ich möge warten, bis er von den Booten
zurückkäme.
Als er kam, wateten wir durch die Lagune ins Dorf.
Hühner gackerten im Sand. Frauen hatten gerissene
Netze über die Zehen gespannt und besserten Schäden
aus. Menschen sprachen miteinander und lachten. Man
grüßte mich mit jenem angenehmen, unauffälligem
Interesse, das wohltut.

Der Fischer brachte mich zum Dorfchef. Ein barfüßiger zierlicher Mann, in eine indigofarbene Toga gehüllt. Sein Kopf war kahlgeschoren, im fahlen Licht erschien mir der schwarze Schädel wie geschnitzt, klassisch und schön. Seine Nase war schmal, die Lippen wenig wulstig. Er war ein sympatischer, älterer Mann von vielleicht 50 Jahren. Ich vernahm, daß er Laurensubu hieß, und Lawani das Dorf ghanesischer Hochseefischer war.

Vor vielen Jahren kam Laurensubu mit seinen Leuten und den Booten, die sie »Canoes« nennen, über das Meer. Die Fischer hatten ihr armes Land verlassen, um im ölreichen Nigeria Arbeit zu finden – andere als Fische fangen. Doch schnell merkten sie, daß das verheißungsvolle Land keine Arbeit für sie hatte, ja selbst von Arbeitslosigkeit geplagt wurde. Sie entschlossen sich, beieinander zu bleiben, gründeten Lawani und gingen wieder hinaus auf See, um für sich, die Familie, das Dorf ihr Brot zu verdienen, wie sie es gelernt hatten: durch Fischfang. Mir fiel auf, daß Laurensubu in Lawani die Rolle eines Moses spielte, der seine Leute hierher an den Golf von Benin brachte und ihnen Glück und Zufriedenheit predigte: »Lieber arm, aber unabhängig sein, lieber auf See sterben, frei wie die Fische, als einem Götzen dienen, der deine Seele vernichtet!«

Im Schatten von Lagos, im Sog der Weltstadt mit ihren Lastern und Verführungen, war es ihm in erstaunlicher Weise gelungen, das Dorf als ein glückliches Eiland zu erhalten.

Je öfter ich mit diesem kleinen, sehnigen Mann sprach, um so stärker spürte ich die Ausstrahlung, die enorme Energie, die von ihm ausging. Er besaß eine angeborene Autorität, wie ich diese selten beobachten konnte. Ich stellte mir vor, wie es sein mochte, wenn der Fang mager war, die Boote in der Brandung zerschellten, die Sippen hungerten und die jungen Fischer drängten, nach Lagos zu gehen – ans schnelle Geld. Oder noch schlimmer, als Piraten die Bucht zu verunsichern und auf Reede liegende Schiffe zu kapern.

Vom Erdwall hinter dem Dorf war der Blick nach Westen frei, zu den feudalen Hotels, zu den Hochhäusern, zur Versuchung. Ließen sich dort nicht die großen Wünsche erfüllen: Radios, Fernsehapparate, Autos? Ich konnte mir gut vorstellen, daß mancher verdrossene junge Mann nach einem miserablen Fang auf den Wall stieg und sehnsüchtig, wenn nicht grimmig, nach Lagos blickte oder sich mißmutig am Strand ausstreckte und die schönen, weißen Dampfer beobachtete. Wenn er nur da lag und von einer anderen, besseren Welt träumte, wurden Laurensubus Einfluß und Überzeugungskraft auf harte Proben gestellt.

Nach einem langen Gespräch vor seiner Hütte sagte er mir einmal: »So lange ich Lawani führen darf, wird es das bleiben was es ist, ein Dorf, in dem der Mensch und nicht das Geld das Wichtigste ist!«

Die Worte dieses Schwarzen haben mich noch lange beschäftigt.

An jenem Abend fragte ich ihn, ob er Christ sei, und er antwortete: »Ja, ich wurde getauft und bin Christ, aber ich sage dir, unser Glaube ist tief von den guten und bösen Geistern unserer Ahnen durchdrungen.«

Doch zurück zu meinem ersten Besuch: der gestrandete Fischer, er hieß Bunbali, zeigte mir das Dorf, nachdem ich vorgestellt worden war. Ich plauderte mit den Männern über ihren Fang, mit den Frauen über den Verkauf der Fische auf dem Markt. Die meisten Bewohner sprachen Englisch. Ich fühlte mich bei ihnen wohl, als befände ich mich in einem vertrauten Ort.

Darüber wunderte ich mich über alle Maßen – ausgerechnet Albert Hansen, der um jedes Negerdorf einen Bogen machte, besuchte Lawani und es gefiel ihm dort! Bunbali forderte mich auf, vor seiner Hütte Platz zu nehmen, seine Frau ließ er Palmwein und Erdnüsse bringen. Während wir da saßen und miteinander redeten, spielten Kinder im Sand mit Vogelfedern und ausgeblasenen Eiern – bis die Dämmerung hereinbrach.

Nun zündeten die Fischer ihre Öllampen an – im Dorf und unten an den Booten. Im Widerschein unzähliger Lichter erkannte ich erst jetzt die wahre Ausdehnung des Dorfes. Mit rauschenden Schwingen schwebten Reiher in die Lagune und auf einmal begannen Menschen zu singen. Der Wind drehte, trug Meeresrauschen und das Wispern der Palmen heran, abendlicher Friede war ins Dorf gekommen, für mich das Zeichen es zu verlassen.

»Ich werde wiederkommen«, sagte ich zu Bunbali, »und eines Tages werde ich mit euch hinaus aufs Meer gehen um Fische zu fangen.«

Bunbali stand auf und begleitete mich zur Lagune: »Wenn du alleine kommst, Fremder, wird dir unsere Gastfreundschaft immer gewiß sein.«

Spät am Abend kam ich nach Hause. Ruth war nicht besorgt, auch nicht neugierig. Sie saß auf dem Sofa und wartete geduldig, bis ich aus freien Stücken erzählte, von dem Dorf, den Menschen, die so gänzlich anders waren, als die, mit denen ich vorher zu tun hatte. Als ich ihr dann sagte, ich müsse wieder ins Dorf, um diese Menschen besser kennenzulernen und um sie bei der Arbeit zu erleben, war sie damit einverstanden. Ich war erstaunt über ihr Verständnis. Fand einfach famos, wie sie mir Lawani mit seinen Fischern als mein ureigenes Erlebnis gönnte und ohne es zu zerstören, daran teilnahm.

Heute weiß ich, daß Ruth damals erkannt hat, daß ich nur auf diese Weise wieder gesund werden würde. In der Nacht, nach meinem ersten Besuch in Lawani, versprach ich ihr, alles – gleichgültig was auch bei den Fischern geschehen mochte – zu erzählen. Ruth schenkte mir ein Vertrauen, das ich unmöglich zerstören durfte.

Und so erzählte ich von meinem nächsten und übernächsten Besuch. Wie zu Anfang hörte sie zu, denn es gehörte zu einer Therapie, die sie mir angedeihen ließ, und damit verstand ich ihre Selbstlosigkeit. An Michaels glänzenden Augen sah ich, wie gebannt er meinen Berichten aus dem Dorfleben folgte, zu gern wäre er mitgekommen, um wenigstens einmal aus dem Gettoleben auszubrechen, dem die behütete Jugend aus Europa in Lagos ausgesetzt war. Doch ich durfte die Gastfreundschaft Lawanis nicht aufs Spiel setzen.

Mit meinen weiteren Besuchen bekamen die Tage hinter der Lagune plötzlich eine andere Dimension. Es geschah, als Maluna aus der Nacht in das lodernde Lagerfeuer trat . . .

Von Ferne schon hörte ich Trommeln, schrille Pfeifmusik und das melodische Klimpern des Xylophons. Die Dorfbewohner trugen festliche Kleider: Frauen Wickelröcke und Blusen aus Brokat, auf den Köpfen üppige turbanförmige Hüte. Die Männer grellfarbene Hosen mit karierten Baumwollumhängen. Ihre Köpfe putzte ein besticktes Tönnchen.

Laurensubu, der Dorfchef, kam gleich auf mich zu und erklärte, daß heute das Fest des Wals gefeiert werde. Der

Wal sei der Wassergott und das Fest sei mit dem christlichen Erntedankfest zu vergleichen, mit dem Unterschied, daß die Fischer ihrem Gott vor der Fangsaison dankten. Laurensubu forderte mich auf, länger als gewöhnlich zu bleiben, nach der Stellung des Mondes verspräche es ein besonders gutes Fest zu werden. Als Dunkelheit den Tag ablöste und eine beängstigend große Vollmondscheibe über den Palmwedeln stand, prasselte auf dem Dorfplatz ein Ring einzelner, heller Lagerfeuer und die Trommeln im Hintergrund wirbelten wilder – rhythmischer.

Im schrillen Laut einer Trillerpfeife erschien die Musikantengruppe aus der Nacht, leicht tänzelnd, sich nach rechts und links neigend, bewegte sie sich auf die Feuer zu, baute sich dahinter auf.

In der Mitte der Dorftrommler, mit einer fast mannshohen Faßtrommel, zu seiner Seite Fischer mit kleineren, höher klingenden Schlaginstrumenten. Um ihn herum standen Männer, die mit Klöppeln ausgeschälte Kalebassen und verschieden lange Holzstäbe bearbeiteten. Nun begleiteten Mädchenstimmen und kräftiges Händeklatschen von Frauen die Musikanten. Es schien, als sollte die Stimmung für irgendeinen Zweck systematisch angeheizt werden.

Aus den Hütten quollen die Dorfbewohner in Scharen bis alle versammelt waren, und im Feuerschein ein schaurigrotes Bild boten. So dicht standen die Menschen, daß ich den Eindruck gewann, von einem einzigen zuckenden Körper umringt zu sein. Jäh erstarben Musik und Gesang, gleichsam aus dem Mond heraus wankten furchterregende Riesen auf den Dorfplatz. Die Köpfe waren durch Fischmasken verdeckt.

Laurensubu trat neben mich: »Jetzt werden die Wassergeister beschworen«, sagte er. »Die Tänzer stehen auf zwei Meter hohen Stelzen. Jeder Kopf symbolisiert einen anderen Fischgeist, die um den über allem thronenden Wassergott Wal tanzen.«

Kein Schrei, kein Ruf, nur das Stampfen der Stelzentänzer, die ehrerbietig um eine noch höhere, schwarze Maske in ihrer Mitte taumelten. Die packende Szene wurde unterstrichen, als auf Kommando Gesang und Musik, allem voran dumpfe, im Mark vibrierende Trommeln, dröhnten.

Das Schauspiel steigerte sich zu einem Finale, dann öffnete sich die lebende Wand . . . die Stelzentänzer verschwanden. In zottiger Halskrause, über und über mit Glocken behängt, genoß der Dorfzauberer seinen Auftritt. Er bog und wand sich. Mit der Rechten drehte er eine Ratsche, die alles übertönte, in der Linken schwenkte er einen geheimnisvollen Lederbeutel. Er tanzte sich förmlich in Trance, doch vor dem Zusammenbruch legte er im Tanz Ratsche und Beutel ab, empfing von einem Adjutanten Brot, Obst und eine Flasche mit Flüssigkeit.

»Paß gut auf«, wandte sich Laurensubu wieder an mich: »Unser Medizinmann wird von den Speisen essen und von dem Wein trinken und davon dem Wassergeist opfern, um ihn für die Fangzeit günstig zu stimmen.«

Tanzend demonstrierte der Zauberer ein Mahl und begleitet von aufreizenden Liedern, stürzte er durch eine Gasse Menschenleiber in Richtung Meer.

»Viele Fischer sind Christen«, sagte der Dorfchef und seine nüchternen Worte standen im krassen Gegensatz zum mystischen Geschehen. »Dennoch sind alle abergläubisch und den alten Göttern zugewandt, das abstrakte Christentum gibt ihnen nicht genug.«

Nach dem Zauberer erschien eine Gruppe mit kleinen

Kanus als Kopfschmuck über den weißen Tonmasken – eine schwere Apparatur, die mit Lederriemen an den Schädeln der Tänzer befestigt war. Und wieder dröhnten die Trommeln, ihr Donnern betäubte mich und hämmerte in meinem Blut. Sie schienen auszureichen, um ganz Lagos zu wecken. Meine Ohren wehrten sich gegen diesen Lärm. Ich drehte mich nach rechts und damit sah ich ein so ungewöhnliches Schauspiel vor mir, daß das Getöse zurücktrat und sich meine Wahrnehmung nur auf die Augen beschränkte: Zwischen den Feuern fiel ein Federvorhang, dahinter sprangen barbrüstige Männer mit lodernden Fackeln zwischen den Zähnen in den Ring. Die Schlaginstrumente wurden kürzer, härter bearbeitet, das erzeugte die aggressiven Klänge, wie sie die Tänzer brauchten, um mit ihren langen Messern eindrucksvoll aufeinander loszugehen.

Geschmeidig und wild wie Samuraikrieger beim Schwertertanz schwangen sie den tödlichen Stahl, haarscharf an Kopf, Hals und Brust des Gegners vorbei. Spagat und Salto lösten einander ab, und immer war das Messer in beängstigender Nähe, schien sich in Leib oder Brust zu bohren.

»Diesen Messertanz, Fremder, haben die Männer vor langer Zeit für Touristen in Ghana getanzt. Vor Jahrhunderten war es ein Kriegstanz der Aschanti (16), aber er hat schon lange keine Bedeutung mehr. Die Fischer tanzen ihn dir zu Ehren. Du kannst bestimmen, wie lange getanzt werden soll.«

Mit einem Mal war mir der Überfall vom 18. April gegenwärtig, damals, als wir auf der Ikorodu Road mit knapper Not davonkamen. Ich sah in die gleichen wirren Augen wie jetzt, hörte die gleichen kehligen Laute. Sah Ruths Gesicht, von Todesangst entstellt . . .

»Laurensubu, bitte, die Männer mögen aufhören, mit dem Tanz verbindet sich Schreckliches für mich.«

Auf ein Zeichen von ihm erstarb der Kriegstanz. Ich sah, daß jetzt auch die schweren Trommeln weggetragen wurden. Mit Beginn einer helleren, freundlichen aber nicht minder rhythmischen Musik wurde das Dorf zum Tanz aufgefordert. Die Paare stellten sich auf, beugten ihre Oberkörper vor, traten nach den ersten Klängen von dem einen aufs andere Bein. Musik und Rhythmus wurden schneller, die Tänzer beugten sich tiefer und traten um. Nach wenigen Sekunden hatten Musik und Tanz ein solches Tempo, daß die Paare tiefgebückt mit stampfenden Fußbewegungen über den Platz schwebten, dabei flogen die Knie bis an Brust und Kinn. Ein rasantes, kräftezehrendes Vergnügen, von kaum mehr als zwei Minuten Länge. Aber mitreißend und aufwühlend, man war geneigt, einfach in die Menge zu springen und drauflos zu hüpfen.

Laurensubu beobachtete, daß mich die Musik nicht kalt ließ: »In unserem Leben sind Musik und Tanz das Wichtigste. Wir sind die Menschen des Tanzes und haben den Tanz im Blut. Durch ihn gelangen wir zu Kraft: in Not, bei der Arbeit, bei der Fortpflanzung. Liebe und Haß, Freude und Trauer drücken wir in unseren Tänzen aus. Für uns, Fremder, ist Tanz das Geheimnis, um zu überleben.«

Im Wirbel der Musik wurde ich am Arm berührt und zu den Tanzenden gezogen. Wir tanzten nicht, schauten uns nur an. Ihre Gestalt war schlank, ihre Haut kastanienbraun. Ihr Gesicht scharf geschnitten, wie bei einer Araberin. Nie vorher hatte ich sie gesehen. Auch ihre Haare waren anders, nicht wie die der anderen Ghanesinnen, die ich im Dorf vorher sah: groß gelockt und schulterlang. Sie faszinierte mich. Endlich lachte sie – im Schein des Feuers glänzten ihre Zähne wie aufgereihte Perlen.

»Ich heiße Maluna«, sagte sie und schwieg eine Unendlichkeit. Dafür tobte die Musik mit großer Kraft. »Wie heißt du?« fragte sie in die Stille hinein.

»Albert«, sagte ich.

»Alubu«, flüsterte sie. Ich verbesserte.

»Alubu«, lächelte sie. Einige Fischer in der Nähe, die uns beobachteten, murmelten: »Alubu.« Und seit jener Zeit war ich kein Fremder mehr, ich hatte meinen afrikanischen Namen und die Fischer, die mich kannten, nannten mich fortan so.

Ich schaute in ihre großen, unendlich schwarzen Augen, die mich bezauberten und in denen ich tief hineinzublikken glaubte, in die Geister- und Dämonenwelt, die den Schwarzen Erdteil beherrscht, die Maluna beherrschte. Und die den Weißen eher verrückt macht, als ihm etwas von seinem wirklichen Geheimnis zu offenbaren.

»Du willst mit den Fischern auf's Meer?« fragte das Mädchen.

»So ist es, Maluna.«

»Du solltest es nicht tun, Alubu.«

Noch ehe ich fragen konnte: Warum nicht?, war sie mir wie ein Schatten entglitten und in der Menge verschwunden. Ich trat zu Laurensubu zurück und bald darauf den langen Heimweg nach Lagos an.

Die Brandung

Von nun an traf ich Maluna immer, wenn ich Lawani besuchte. Jedes Mal stieg sie aus der Brandung, schritt über den heißen Sand und begrüßte mich in ihrem nassen, engen Baumwollkleid. Von ihrem Gesicht perlte Wasser und in den Haaren glitzerten die Tropfen wie Brillanten. Die natürliche und herzliche Art des Mädchens gefiel mir sehr. In ihrer Gesellschaft fühlte ich mich wohl. Maluna vermochte zu schweigen und dennoch ganz dasein.

»Du sprichst wirklich gut Englisch«, sagte ich einmal.

»Ich bin neun Jahre auf eine Schule gegangen.«

»Neun Jahre? – Wie alt bist du eigentlich?«

»Siebzehn Jahre, Alubu.«

Das Mädchen blickte über die See, dem Wind entgegen. Es war ein klarer Tag. Eine südliche Brise bewegte sanft die Palmen, kräuselte das Wasser der Lagune, färbte die seichten Stellen smaragdgrün. Aber der Atlantik gab sich tief blau, rollte und grollte mit großer Wildheit und schleuderte wütend hohe Wasserberge an den Strand.

»Du wirst niemals mit den Fischern auf See hinausfahren, wenn du die Brandung nicht bezwingst«, meinte sie eines Tages und zog mich ans Wasser.

Ich bin kein Sportsmann, erst recht kein guter Schwimmer. Doch bald sah ich ein, daß sich kein Fischer mit mir einlassen würde, solange ich nicht bewies, lebendig durch die Brecher ans Ufer schwimmen zu können.

Mit großer Geduld brachte mir Maluna bei, wie ich mich in der Bucht zu verhalten hätte. Anfangs ließ ich mich in der rauschenden Gischt umherwirbeln. Zwanzig, dreißig mal, bis ich ein Gefühl für die Kraft des Wassers bekam. Es ging darum, blitzschnell im Strudel oder Sog zu erkennen, wann sich den Kräften hinzugeben war, wann man ihnen um jeden Preis Widerstand zu leisten hatte. Es ging darum, niemals, auch im gewaltigsten Wirbel, der den Schwimmer sich rollen und überschlagen läßt, oben und unten zu verwechseln. Dann übten wir Luftanhalten. Im ruhigen Wasser der Lagune tauchte ich, bis mir schwarz vor Augen wurde. Zermürbende Übungen als Vorstufe zum Durchtauchen hoher Brecher. Die Afrikanerin vermochte über drei Minuten die Luft anzuhalten. Als ich es auf zwei Minuten brachte und 25 Meter tauchte, war ich erstmals reif für die Brandung und ordentlich stolz. Mein Zigarettenkonsum hatte sich auf kaum eine reduziert, alle Verweichlichung meines Großstadtlebens war im Begriff, abzufallen.

»Merke dir eines, Alubu«, mahnte sie mich häufig, »wenn du Luft zur falschen Zeit brauchst, bist du verloren! Dann zerschmettert dich die Wasserwand oder bricht dir das Rückgrat!«

Seite an Seite schwammen wir durch weiße Gischt, den Bergen und Tälern der Bucht zu. Die Grundsee riß uns mit, im Nu hing ich unter einer Wand. Im Angesicht der Höhe, des Rauschens und Tobens geriet ich in Panik. Ich weiß nicht wie, aber ich schaffte es, tauchte hindurch . . . drei-, viermal, bis hinter die brüllenden Wellen, dorthin, wo der Atlantik ruhiger wurde.

Selbst zurück schaffte ich es! Außer Atem, japsend, mit vom scharfen Sand aufgewetzter Brust, Knien und Ellenbogen, aber lebend und selbstbewußt!

Als ich mich umdrehte, »ritt« Maluna ans Ufer. Unglaublich schön und gefährlich war es anzusehen wie sie, pfeilschnell, einem Delphin gleich, auf einer Woge ans Ufer glitt und aus dem brodelnden Schaum stieg, ohne die leiseste Spur von Angst und Erschöpfung. Unbekümmert lief sie auf mich zu, um mit mir wieder hinauszuschwimmen. Aber ich konnte nicht mehr, setzte mich in den Sand und schaute ihr zu, wie sie allein mit graziler Leichtigkeit ihren Kampf mit Wasser und Wogen austrug. Wieder am Ufer lachte sie, strahlte immer in die Sonne und war wunderschön anzusehen.

An den folgenden Tagen schwamm ich täglich zwei-, häufig dreimal durch die Brandung. Ich genoß, wie mein schlaffer Körper sich stählte, wie das Schwimmen meiner Figur wohltat. Ich kam mir nach vielen, vielen Jahren meiner ungesunden Bürotätigkeit wie neu geboren vor. Mein Herz schien sich der neuen Forderung gänzlich angepaßt zu haben, meine käsefarbene Haut wurde bronzebraun, die Haare blich das Salzwasser flachsgelb, und es gab Tage, da fühlte ich mich so stark wie Robinson und Tarzan zugleich. Ich war in Hochform wie vor einem Schulsportfest und schwamm, ohne sonderlich zu ermüden, vor der Bucht zweitausend Meter. Dennoch: niemals stieg ich frei von Angst in die Fluten, eine steile, wilde Woge, ein weiteres Wellental ließen mich jedes Mal erschaudern wie am ersten Tag. Im Gegenteil, Achtung und Respekt vor der Gewalt des Meeres hatten sich eher verstärkt.

Trotz der körperlichen Anstrengungen kam ich am Tage mit einem Minimum an Eßbarem aus: etwas Erdnüsse, Brotfrüchte, manchmal Bananen oder Yams. Mittags trank ich die Milch dreier Kokosnüsse. Die Nüsse brachte mir Maluna aus dem Palmenhain. Mit einem Buschmesser und zwei geschickten Hieben wurden sie von ihr so geöffnet, daß von der kühlen, köstlichen Milch nichts verloren ging.

Eines Morgens, es war außergewöhnlich früh, geschah etwas Seltsames: Maluna eilte mir entgegen. Sie war anders als sonst, irgendwie besorgt.

»Was ist mit dir?«

»Ach, nichts – gar nichts«, wich sie aus.

Heute trug sie ein buntes Musselinkleid, ihr lockiges Haar flatterte leicht im Wind, es war im Nacken zusammengebunden. An der Schläfe steckte eine rote Hibiskusblüte. Ich sagte ihr, ohne zu wissen, was diese Blume zu bedeuten hatte, daß sie zu ihrem schwarzen Haar sehr hübsch passe.

»Komm, Alubu«, war ihre Antwort, sie nahm meine Hand und führte mich zur Lagune, in der wir im warmen Wasser ein Bad nahmen, . . . und mit einem Male fühlte ich mich zu diesem Mädchen auf geheimnisvolle, ja gefährliche Weise hingezogen.

Obgleich die Regenzeit noch nicht vorüber war und der Wind stark auffrischte, stach die Sonne an diesem Vormittag vom Himmel, und es schien ein sehr heißer Tag zu werden. Nach dem Bad, ich hatte mich wieder gesetzt, blieb sie vor mir stehen und schaute mich an, merkwürdig und fragend, und dann streifte sie ihr buntes Kleid ab. Ich sah ihren schönen Körper, wie in Ton modelliert: Die schlanken Hüften, die zarten Schultern, den edlen Hals. »Komm«, flüsterte sie, »komm, komm!« Ein starkes Gefühl durchströmte mich, doch ich stand nur auf, sagte: »Du bist sehr schön, Maluna«, und schritt durch die Lagune ins Dorf – der herrliche Morgen atmete tiefe Stille.

Mehrmals hatte ich die Fischer von Lawani nach dem Auslaufen der ersten Boote gefragt. Niemals bekam ich eine klare Antwort.

»Wenn die Regenzeit vorbei ist, Alubu«, trösteten mich Laurensubu oder Bunbali. Langsam wurde ich unruhig, denn mir blieb nicht mehr viel Zeit, die herrlichen Tage von Lawani waren gezählt.

Im Dorf nun erfuhr ich an jenem Tag zwei Dinge: eine Crew entschloß sich auszulaufen, und Maluna steckte sich die Blüte des Hibiskus ins Haar, eine Sitte des Dorfes, mit der Mädchen zeigen, daß sie verliebt sind. Sie hatte bis heute gewartet, um zu verhindern, daß ich mit den Fischern in See steche.

Auf dem Dorfpfad kamen mir die Fischer entgegen, ich sah am Gerät, das sie mit sich führten, was sie vorhatten; vier kräftige, junge Männer waren es, ich kannte keinen davon.

Für mich gab es nur eines: jetzt oder nie! Ich ging auf den ersten zu, sicher verstand er mich nicht, dennoch wußte er, was ich wollte, jeder in Lawani wußte es. Der Mann nickte, also war ich aufgenommen und dabei! Wir schritten zu den Netzen, die Männer zurrten eines von den Pflöcken, legten es zusammen, stapften zu ihrem Boot, und warfen das Netzwerk und andere Gegenstände hinein.

Die Utensilien wurden sorgsam vertäut. Masten, Segel und Hilfsmotor hatte man vorher schon zum Auslaufen klar gemacht. Unterdessen blies der Wind kräftiger, ich bemerkte es an den Palmen, deren Wedel sich im Wind bogen. Aus dem Dorf kamen mehr und mehr Menschen heran. Sechs kräftige Männer traten aus der Menge, drückten mit uns den verzierten Bug des Einbaums herunter, drehten das Boot und schoben es über Baumstämme in Richtung Wasser. Zwanzig Meter Strand galt es auf diese Weise zu überwinden.

Mit dem Kommando: »Hah . . . hoh« stemmten wir uns gegen die Planken, hielten den Einbaum somit in Bewegung und Tomba, der Benjamin der Mannschaft, warf Rundhölzer unter den Steven, die er dann eilig vom Bootsende wieder wegnahm. Ächzend rutschte der Rumpf abwärts, um im Neunziggrad-Winkel die gurgelnde Wasserlinie zu erreichen. Der Golf warf in wiederkehrendem Rhythmus fünf leichtere und einen schwereren Brecher an den Strand.

Der entscheidende Moment rückte heran. Muskeln spannten sich, bei den Männern in kurzen Hosen und mit bloßen Oberkörpern glänzten die Muskelpakete wie eingefettet. Draußen formte sich der fünfte Brecher, zog lautlos herein, bildete sich zu einem stumpfen, mächtigen Dreieck, mehr als drei Meter hoch, wurde spitzer und spitzer, entwickelte einen Kamm, weiß, sprudelnd, überschlug sich ohrenbetäubend und schleuderte gewaltige Mengen Wasser an den Strand.

Jetzt! Der Augenblick war gekommen. Noch einmal stemmten wir uns zum entscheidenden Stoß an die glitschigen Planken. Das Meer brauste unter den Rumpf, riß ihn hoch, mit riesiger Kraft. Unser Schub brachte ihn nach vorn . . . der Einbaum schwamm, tänzelnd, unbeholfen noch. Okum, so hieß der Eigner und Kapitän des Bootes, zerrte an einem langen Tau, das vom Heck ans Land reichte. Von hier aus hatte Okun als einziger den Überblick. Von ihm hing es nun ab, ob das Boot die rasch folgenden Brecher richtig nahm, neunzig Grad zum Bootskörper, das wußte er, nicht mehr und nicht weniger! Ich sprang aus dem knietiefen Wasser ins Boot, die Besatzung saß schon auf ihren Posten.

»Hah . . . hoh!« brüllte der Schlagmann, und mit ganzer
Kraft legten wir uns in die Paddel. Kurz, zackig und
kräftig wurden sie durchgezogen.

»Hah . . . hoh«, klang es aus heiseren Kehlen. Stich . . .
ein, stich . . . ein, motorisch arbeiteten Paddel, Arme, der
ganze Oberkörper. Die einströmende See war so gewaltig, daß der Einbaum zwar schwamm, sich aber nicht
vorwärts bewegte.

In den Sekunden zwischen Rücklauf der Wassermassen
und dem Einbrechen der nächsten Woge entschied sich,
ob der Kahn aus der Bucht kam oder wie eine Streich-
holzschachtel zurückgeschleudert wurde. Das Boot
erfuhr Rechtsdrall. Okun parierte: zog am Tau — entge-
gengesetzt. Zwei, drei Männer stürzten heran, halfen
ihm. Am Boot stachen rhythmisch die Paddel: »Hah . . .
hoh. Hah . . . hoh.« Mir schwanden die Kräfte. Schwarze
Körper leuchteten im Licht, schwarze, nackte Arme flogen vor und zurück. Paddel, grellgelb, aus wie Entenfü-
ßen geformte Blätter, kreisten wild durch Luft und Wasser.

Da röhrte der Außenborder. Zwanzig PS, seitlich am
Einbaum mit Auslegern montiert, sollten den entschei-
denden Schub geben. Aber die kabbelige See ließ die
Schraube frei rotieren, schrill und gräßlich. Nkrumo, der
Steuermann, hängte sich mit ganzer Kraft über den
Motor, verzweifelt, als wollte er durch sein Gewicht das
Boot hinunterdrücken.

Sie hatte sich erneut geformt, beängstigend groß schlug
sie über uns ein, grün-blau und hart, wie ein Unwetter,
diese verfluchte, sechste Flutwelle! Einem Fahrstuhl
gleich wurde das Kanu hochgezogen, förmlich aus dem
Wasser gerissen. Ich fühlte das Heck nach links weg-
springen, sah den Schlagmann eigentümlich, fast ko-

misch durch die Luft fliegen – in der Faust das Paddel, das Gesicht verzerrt, als wollte er schreien. Ich, im Bann des Ereignisses, wollte noch abwägen, wählen zwischen weiter paddeln und zur Seite in die Fluten springen . . . da nahm mich eine Kraft einfach fort. Das Boot kippte seitlich weg. Ich stürzte. Mein Gesicht klatschte in das weiße Wasser, die See drehte sich vor mir in der Luft und ergoß sich über mir – schlug zusammen.

Es wurde kalt und dunkel. Au – verdammt! Ein harter, schmerzender Schlag am Schädel. Das Paddel hatte ich nicht schnell genug weggeschleudert, so traf es mich wie eine Eisenstange. Entsetzen packte mich. Um Gotteswillen nicht das Bewußtsein verlieren! Um mich ein brodelnder Hexenkessel, aus der Schwärze zuckten Sterne wie Blitze auf. Ich blieb bei Sinnen, das kühle, frische Wasser hielt mich wach.

Luft! Luft! Ich glaubte zu bersten. Versuchte, wild rudernd nach oben zu kommen. Wo ist oben? Wo Land? Strudeln wuchsen Krakenarme, zäh, würgend, mörderisch – drehten mich wie ein Karussell um die eigene Achse. Ich spürte die unglaubliche Brutalität und Gewalt der Brandung, wurde gestoßen, getreten. Verdammte Höllenfahrt ins Jenseits!

Salzwasser schoß in meinen Mund. Etwas traf mich an der Schulter, preßte wie ein Schraubstock die letzte Luft aus dem Brustkasten. Aus, dachte ich. Im verdammten Golf von Guinea ist es endgültig aus! Und von weit her kamen Gedankenfetzen angeschossen, schöne betörende, von damals und jetzt. Lief der Lebensfilm ab? Waren das die Sekunden vor dem Ende? Und ich nahm meinen Körper wahr, mit nie zuvor erlebter Intensität.

Es war so banal und lächerlich – ich wunderte mich plötzlich über meine Schwere, die von Hose, Hemd,

Jacke und Schuhen — mit Wasser voll gesogen — herrührte. Und ich hielt es für meine letzte Pflicht, diese verdammten Schuhe auszuziehen. Im wilden Getöse griff ich nach unten ... in Sand! Ich war am Ufer! Taumelnd richtete ich mich auf. Hatte Boden, festen Boden unter mir. Hechelte nach Luft, stolpernd schleppte ich mich in seichtes Wasser. Rückrauschende Brecher warfen mich um, auf allen Vieren kroch ich den Strand hinauf, ausgelaugt, kaputt.

Verdammt, Albert, da hätte nicht mehr viel gefehlt. Das war ein Manöver, wie du es noch nicht geübt hattest. Du bist kein Fischer, du wirst nie einer werden und wirst nie fertig bringen, was Fischer schaffen! Und ich stand da, in Sonne und Wind, gestützt auf ein Paddel, das wieder angetrieben worden war.

Hell und freundlich war das Licht. Noch nie schien mir die Sonne so erlösend, ihre Wärme so angenehm ...

Eilig schritt ein Mann über den Strand. Sein Gesicht schien besorgt. Seine indigofarbene Toga flatterte wie ein Segel. Ich erkannte Laurensubu, der da auf mich zu eilte.

»Alubu!« rief er gegen den Wind. »Alubu!« Noch einmal, im Glauben, seine Worte habe die Brandung verschluckt. Seine Schritte wurden rascher. Jetzt erreichte er mich. Seine Augen waren dunkle Schlitze. Er blinzelte ins gleißende Licht. Ich hatte ihn erwartet, stand vor ihm, das Paddel unter die Achsel geklemmt. Von meiner rechten Schläfe rann Blut, ich spürte es an der Wange, und jedes Mal, wenn die Gischt von umschlagenden Brechern aufspritzte, ätzte das Salzwasser in der Wunde.

»Alubu, höre auf mich, fahre nicht hinaus«, beschwor mich der Mann. »Es ist unser Beruf, wir müssen es tun, aber du solltest warten. Warten auf einen ruhigeren Tag, in der Trockenzeit.«

»Für mich gibt es kein Warten, Laurensubu, jetzt oder niemals!« gab ich zurück.

Der Chief wendet sich dem Dorf zu und sagt: »Es ist nicht nur, weil ich Angst um Dich habe wegen des Wetters. Meine Männer sind abergläubisch. Wenn sie nichts fangen, glauben sie, die Meergeister seien ihnen böse gesonnen und der Grund dafür könntest du sein, Alubu.«

»Das ist doch Quatsch!«

»Natürlich ist es das. Aber ich kann dir auf See nicht helfen, wenn sie glauben, du hast die Götter beleidigt oder ihr Boot verhext. – Merke dir eines: du kannst ihr Freund sein, aber niemals ihr Bruder!«

Ich fühlte, daß seine Sorge echt war. Mein Blick glitt über die aufgebrachte See, die der Sturm hart peitschte, dann wieder zu ihm, auf seine vom Wind und Wasser gegerbte Gestalt, und hinauf zur Lagune, wo Weiber, Greise, Kinder und Mädchen standen.

Hunderte waren versammelt, auch Fischer, die heute noch nicht auslaufen. Wie immer waren sie einfach da, denn kein Fischer fährt hinaus, ohne nicht von den Blicken der Dorfbewohner begleitet zu werden, und wenn sie einlaufen, werden sie wieder da sein – stumm und doch teilnahmsvoll.

Aus der Menge trat eine schlanke Gestalt. Mit wiegenden, unbekümmerten Gang kam sie herunter. Sie trug eine rote Blüte im Haar.

Nein, nicht das! geht es mir durch den Kopf. Will mich denn keiner auf See lassen?

»Du darfst nicht fischen, Alubu. Die Fahrt steht unter einem schlechten Omen. Bleibe hier!« sagte die weiche

Stimme des Mädchens. »Ich fühle, daß etwas Schreckliches geschehen wird. Mir ist so unheimlich zu Mute!«
Maluna legte ihre Hand auf meinen Arm, ihr Brustkorb wölbte und senkte sich, sie schien aufgeregt. »Alubu, du mußt hier bleiben!«
Niemals zuvor hatte ich die beiden Menschen zusammen gesehen — ein eindrucksvolleres Bild wahrgenommen, als die Würde des alten Mannes neben der frischen Jugend des Mädchens, doch jetzt war mir klar, ich wußte es: vor mir standen Vater und Tochter. Und doch, wer war Malunas Mutter? Der Vater war eindeutig Neger. Warum diese Geheimnistuerei? Was trennte Laurensubu von einer so hübschen, stolzen Tochter? Meine Wunde am Kopf schmerzte, ich dachte an den Kampf in der Brandung, in der sich alle Wasserdämonen versammelt hatten, um mich für immer zu behalten — jetzt war nicht die richtige Zeit über Familiengeschichten zu sinnieren. Mein Entschluß stand fest: »Ich fahre hinaus!«
Damit nahm ich das Paddel in die Faust, ließ Vater und Tochter zurück, um hinüber zur Crew zu gehen. Zu meiner Crew, mit der ich in der Bucht gekämpft hatte! Sie wappnete sich die Brandung von neuem anzugehen. Die Mannschaft war vollzählig, bereit zum nächsten Einsatz. Gott sei Dank war das Boot nicht gekentert. Als uns ein Brecher hinweg gefegt hatte, stürzten Dorfbewohner heran, um Okun zu helfen, den voll Wasser geschwappten Einbaum ans Ufer zu zerren. Er hatte den Brecherschlag überstanden. Der Motor war zwar ausgegangen, aber noch intakt, die verschnürten Netze, Eimer, Proviantbehälter, Mast, Baum, das gestrichene Segel, ein Seesack im Rumpf geblieben. Ein Teil der Paddel trieb an Land, die anderen retteten die Männer selbst aus der Brandung.

Neunzig Grad zu den Brechern, bereit wie zum Stapellauf, acht Meter lang, hergerichtet zum Untergang? So lag das Boot da, mit leicht ramponierten Spanten, von Tang und Muschelfraß durchsetzt. An schwarz-braunen Bohlen, rechts und links vom Bug züngelten rote und blaue Schlangenköpfe, deren Leiber in gleicher Bemalung wellenförmig bis fast zum Heck verliefen, wo sie in den Worten »Ojuburuku« endeten.

Das war der Name unseres Bootes: »Ojuburuku«, die Seeschlange.

Gerüstet zum neuen Duell mit dem Meer, standen die Männer neben dem Kahn. Jeder an seinem Platz. Keine unnützen Worte, kein Lamentieren, keine Vorschläge. Die See macht schweigsam. Schweigsam und ernst. Die Gesichter der Fischer gaben es wieder. Nicht Angst, doch ein Anflug von Sorge war in ihnen zu entdecken.

Das Boot ernährte die Sippe Okuns. Kein Boot, kein Fang – kein Fang, kein Geld, sondern Hunger und Verzweiflung!

Okun stand am Heck, den Tampen fest im Griff. Was mochte in ihm vorgehen? Hegte er Zweifel am Gelingen? Stritt er mit sich: nicht heute – lieber in den nächsten Tagen, bei ruhigerer See auslaufen? Peinigte ihn die Verantwortung für Männer, Familie und Boot? Ich wußte es nicht, wußte nur, daß er hinausfahren mußte. Auf ruhigere See konnte er nicht warten! Und er stand da, mit dem Tau in den Fäusten, gefaßt und entschlossen. Eine große Ruhe ging von ihm aus, übertrug sich auf alle anderen, auch auf mich. Eine hypnotische Ruhe! Keiner hatte jetzt noch Zweifel am Gelingen.

Und während ich so in Spannung verharrte, erkannte ich die verblüffende Ähnlichkeit Okuns mit Chief Laurensubu. War er vielleicht sein Bruder? Sie standen am Strand, zwanzig Meter auseinander, zweimal die gleiche Person: die Gebärden, die ruhigen, sicheren Bewegungen. Ja, selbst das togaähnliche Gewand. Es gab einen Unterschied: Okun war gedrungener, muskulöser, vom Einsatz auf See gestählt!

Ich konnte und wollte die Vergleiche nicht vertiefen, sah ihn aufmerksam übers Meer blicken. Gleich würde er reagieren. Der vierte Brecher rollte aus. Die Spannung war auf dem Höhepunkt. Okun hob die Hand, nahm sie ruckartig runter.

»Hah . . . hoh!« brüllte der schwarze Chor. Schwarze Füße stemmten sich in den Sand. Das Boot knirschte über die Rundhölzer . . . bewegte sich rascher, immer rascher. Wasser faßte gurgelnd unter den flachen Rumpf . . . Der Sprung ins Kanu, an die Paddel: »Hah . . . hoh.« Da knatterte der Motor, eine stinkende Rauchfahne. Er faßte. Die Schraube faßte! Wir machten Fahrt.

Verdammt, der sechste Brecher! Zu früh? Das Boot aus dem Kurs? Der Brecher stürzte heran, entlud sich: Massen strömten ins Boot. Doch schnell, schnell genug bäumte es sich auf, unendlich steil. Kippte schlürfend, klatschend nach vorn, warf Wasser nach allen Seiten, grub sich seine Furt.

Durch! Geschafft! Brecher sieben hatte sich noch nicht gesammelt, rollte als schwere Dünung ein, die unser Boot aber souverän nahm. Erst hinter dem Heck tosten die weißen Massen wütend ins Wellental. Neun Paddel kreisten – peitschten das Wasser wie Windmühlenräder, wieder und wieder, ein Akt von Kraft und Schönheit . . .

Wir ließen die Paddel auf die Knie sinken. Der Einsatz war hart, aber wir kamen durch. Am Heck stand ein Fischer, Tomba kam zu Hilfe. Der Tampen wurde eingezogen. Griff um Griff, am Ende hing Okun, der Kapitän.

Die Arme zogen ihn durch Brecher und Brandung, hievten ihn an Bord. Er glänzte wie Ebenholz, das Wasser perlte von ihm ab. Um seinen Mund spielte ein glückliches Lächeln. Die »Ojuburuku« tänzelte für Augenblicke führerlos in der See, die auch hier draußen, vor der Brandung, schwer wühlte.

Okun war nun bereit für die Kommandos: »Tomba mit Eimern zum Wasserschöpfen in Bootsmitte. Nkrumo aufs Heck, ans Ruder. Ulomu an den Steven zum Anker. Alubu auf diese Bank.«

Er zeigte auf ein Brett vor sich. Okun selbst nahm neben dem Außenborder Platz, ließ den Motor aufheulen, fuhr eine Schleife, dann klatschte der Treibanker, ein schwerer Granitbrocken, mit Seil umwickelt, ins Wasser.

Ich verstaute mein Paddel unter einem blauen Seesack, wo schon die anderen drei lagen. Okun sprach mit den fünf Männern, die uns durch die Brandung gerudert hatten. Sie standen auf, riefen uns: »Obado« — Wiedersehen — viel Glück zu, und sprangen kopfüber von Bord, ihre Paddel wie Harpunen vor sich haltend.

Ich schaute ihnen nach ... wie ihre Köpfe, ähnlich schwarzen Kürbissen, nacheinander auftauchten. Mit kräftigen Kraulstößen schwammen die Männer auf die Brandung zu, ihre gelben Fünfzackpaddel standen senkrecht aus dem Wasser — schwarze Neptune! Den ersten Schwimmer erfaßte ein Brecher, er ritt auf ihm, brettsteif, mit hohlem Kreuz, nur der Kopf ragte aus dem Schaum. Wie ein Wellenreiter, besser, wie ein Torpedo, schoß er ins seichte Uferwasser. Die anderen folgten ihm. Ich staunte immer aufs Neue, wie elegant die Fischer dieses tödliche Hindernis nahmen.

Am Strand, vor dem Dorf, stand die Menschenmenge wie

eine Wand. Keine anonyme Menge von Gaffern und Sensationshaschern. Nein, es war eine Versammlung von Personen, die teilhatten am Schicksal derer draußen auf See. Menschen, die mit uns bangten, hofften, beteten.

Ulomu hatte den Anker eingeholt und die Leine sorgfältig aufgeschossen. Nun lag er wie ein Sturmbootfahrer im Bug. Tomba schöpfte ohne Pause, tauchte einen grünen Plastikeimer in das Wasser, das in Bootsmitte hartnäckig zusammenfloß und schleuderte den Inhalt über die Bordwand. Sysiphosarbeit!
Nkrumo nahm seinen gefährlichen Platz ein: aufrecht stand er am Heck, die nackten Füße oben am Bordrand an die Spanten gestemmt. Seine Rechte umfaßte den Griff, unterstützend klemmte er den linken Arm um den Stiel des Ruders. Wie ein Gondeliere lugte er dort über die See, fest wie ein Baum, elastisch wie eine Feder zugleich. Nur so konnte er sich mit Kraft ins Ruder legen um Kurs zu halten, um die kabbelige See zu nehmen. Okun deckte den Motor, der neben dem Boot seinen wertvollsten Besitz darstellte, liebevoll mit einer alten, grauen Plastikhaut gegen das Spritzwasser ab. Der Gasgriff blieb frei, er drehte ihn auf, der Motor knatterte, und das Kanu hob sich sanft, bildete eine Heckwelle und glitt aus der Bucht – Kurs Südwest.
Die Menschen am Strand gingen über in ein konturenloses Etwas. Verschmolzen gleichsam mit Strand und Ufer. Angestrengt suchte ich eine Gestalt, ein Mädchen, mit einer roten Blüte im Haar. Ich konnte sie nicht entdekken. Es war sinnlos, wahrscheinlich schwamm die Blüte im Meer, und das Mädchen war längst hinauf in ihre Hütte gegangen, ohne noch einmal über die Bucht geschaut zu haben.

Ich drehte mich um, dem offenen Meer und dem Wind entgegen, und es beschlichen mich Zweifel, ob ich jemals wieder zurück ans Ufer kommen würde. Es war keine Angst, aber eine sonderbare Ungewißheit. Ich kannte das Meer nicht, auf dem ich mich befand, die Männer im Boot nicht, wußte nicht, was mich hinter dem Horizont erwartete. Wußte nur, daß die Fischer von Lawani noch nie einen Weißen mit hinausgenommen hatten, und so mancher Schwarze niemals in sein Dorf zurückkehrte. Was sollten die Zweifel? Ich verbannte die trüben Gedanken aus meinem Hirn, genoß die frische Brise, das Auf und Ab der Wogen, das Stöhnen und Ächzen der Spanten und die Freiheit, die schier grenzenlose Freiheit, das Abenteuer.

Wir machten gute Fahrt, der Außenborder brummte beruhigend, rund und kräftig, nur selten wurde die Monotonie durch ein Wellental gestört, das die Schraube frei drehen ließ. Nkrumo steuerte direkt auf einen Pulk großer Pötte zu, die vor uns, fünf Meilen von Bucht und Hafen entfernt, vor Anker lagen. Vielleicht achtzig an der Zahl. Schiffe aus aller Herren Länder, die dort vor Lagos wie eh und je auf der »Reede der Geduld« lagen – wochen- ja monatelang!
Einer Hafenbürokratie besonderer Art ausgeliefert, viel zu langsamen und kleinen Hafenanlagen preisgegeben. Mit Sicherheit kannten die Fischer von Lawani die Schiffe alle, ihre Liegezeiten, ihre Ladung, ihre Besatzung, selbst die geheimen Wünsche der Matrosen. Als wir in ziemlichem Abstand am ersten Pott, einem 60 000 Tonnen Tanker steuerbords vorbei knatterten, konnten wir drei Seeleute ausmachen, die winkten. Es war kein Winken, es war ein Heranrufen!

Okun erwiderte den Gruß. Ich ebenfalls. Die Männer vom Tanker machten immer noch Handbewegungen, die uns zum Beidrehen aufforderten. Okun grinste. Er sagte nichts, grinste nur in sich hinein. Fischer sind stumm wie das Meer. Nach Sonnenuntergang fuhren bisweilen junge Kerle aus Lagos mit ihren Mädchen in die Nacht hinaus. Nicht um Fische zu fangen, sondern um das große, leichte Geschäft zu machen, mit käuflicher Liebe, Schmuggel und Gewalt. Wenn von Lee die süße Sünde am Fallreep hinaufstieg, kletterten von Luv, behend, das Messer quer im Mund, schwarze Piraten an Bord, um doppelt Kasse zu machen. Gar mancher brave Kadett ist unsanft hochgerissen worden, und, parierte er nicht, über Bord gegangen, wo er sich im Meer wiederfand. – »Verdammte Piraterie!« hatte ich Laurensubu auf die nigerianischen Fischer wettern hören.

Was war mit meinen Fischern? Mit meiner Crew? Ich kannte sie nicht. Ich war zufällig zu ihnen gestoßen. Hatte mich ihnen angeschlossen, einfach weil sie heute auslaufen wollten. Sie hatten mich nicht eingeladen, nicht aufgefordert, hatten nur genickt. Kaum erfuhr ich ihre Namen. Machten sie auch Geschäfte mit Gewalt und leichten Mädchen? Warum eigentlich nicht, wenn das Meer sie nicht ernährte und Verlockungen zum Greifen nahe in der Bucht schwammen? Männer meines Bekannten Chief Laurensubu, gewiß, aber hatte er nicht besorgt geäußert: »Ich kann dir auf See nicht helfen, wenn sie glauben, du hast die Geister beleidigt oder ihr Boot verhext.«

Was sollte das heißen? Doch nicht etwa, daß sie mich bei passender Gelegenheit über Bord warfen, etwa wie man es mit einem unbrauchbaren Gegenstand macht? Wer könnte es tun? Okun mit seinen muskulösen Armen? Der große hagere Nkrumo? Dem finsteren Gesicht wäre es weiß Gott zuzutrauen. Tomba und Ulomu würden dastehen, zusehen – stumme Zeugen. Im Dorf später, viel später, bedauernd sagen: »Eine Welle hat ihn in stockdunkler Nacht von Bord gerissen. Er hatte keine Chance.«

Sie würden es alle vier sagen, in knappen, kargen Sätzen – während des Netzeflickens, ohne aufzusehen – glaubwürdig und echt, wie es die Art der Fischer von Lawani war. Selbst Laurensubu würde ihnen glauben müssen.

Wie ein heißes Stück Eisen fühlte ich meinen Brustbeutel am Hals. Der nicht flach, sondern leicht ausgebeult war, aussah, als wären dort Geldscheine verstaut – was auch zutraf. Hundert Naira war für die Leute ein Vermögen! Brachte man für dreihundert Naira jemanden um? Warum nicht? Vorhin am Strand rutschte mir der Beutel aus dem Hemd. Es mußte ihnen aufgefallen sein – Okun, Nkrumo, Ulomu, Tomba! Hatte ich nicht ihre scharfen, gierigen Blicke gefühlt, in der Brandung, am Strand? Natürlich! Da hatte ich sie verwundert registriert, ohne sie deuten zu können. Und jetzt, angesichts der großen Schiffe, die Okun so geheimnisvoll, so diebisch betrachtete, vermochte ich diese Blicke zu deuten!

Unsinn! Hirnverbrannter Unsinn! Meine Mannschaft bestand aus fleißigen Fischern, aus dem ehrlichen Dorf Lawani. Nie wären sie heute zum Fang ausgelaufen, nie hätten sie sich für zwei Tage verproviantiert, wenn sie Böses im Schilde führten. Verrückt, was der Mensch draußen auf See alles erspinnt. Ohne Logik. Ja, so war es allein auf See, und ich war allein mit meinen Gedanken. Weit weg von der Welt der stummen Fischer im Boot, wurde jeder Eindruck mehr noch verzerrt.

Im Steven lag immer noch Ulomu. Aus dem Sturmbootfahrer war ein matter Neger geworden. Sein wuscheliger Kopf ruhte auf der rechten Armbeuge. Sein gelber Schlapphut aus Stroh war verrutscht. Er schlief fest. Trotz Windheulen und Wellenklatschen glaubte ich, ihn schnarchen zu hören. Der Arm unter seinem Kopf drückte sein Gesicht etwas aus der Form. Lippen traten wulstig hervor, der Anflug eines Schnurrbarts hatte sich verschoben. Die Augäpfel erschienen unter den geschlossenen Lidern wie zwei Blasen – blind, wie bei einer Kaulquappe. Sein Alter war nicht zu schätzen, vielleicht Mitte dreißig. Mit angezogenen Beinen lag er da, auf Leinen und Netzen, neben dem Mast, die Hüfte, infolge eines schlecht verstauten Paddels komisch angehoben. Alle Augenblicke hob sich sein Körper und drohte kopfüber zu rutschen, je nachdem, was das Boot im Berg und Tal der Wellen mitmachte. Jedesmal, wenn ein Wogental besonders tief ausfiel, rauschte Wasser über den Steven, direkt auf sein Gesicht.

Doch Ulomu schlief seinen Schlaf, süß und naß, wie er von Tiefe und Stellung her Schwarzen am Äquator eigen ist. Er war kein typischer ghanesischer Fischer. Käme er mir in Lagos auf irgendeiner Straße entgegen, ich würde ihn nie für einen solchen gehalten haben.

Er trug ein engtailliertes, allerdings in den Nähten geplatztes Hemd und grünrot gestreifte, mühsam gestopfte Hosen.

Nicht vom Körperbau her: schlank, ja beinahe hager. Seine rechte Hand, die schlaff und offen unter seinem Kopf hervorschaute, brachte aber den eindeutigen Beweis seines Berufes: schmutziggelbe Handflächen, mit starker Hornhaut überzogen und Handlinien, tiefe, aufgeplatzte Furchen. Hände von Männern, denen Netze durch die Hände gleiten.

Die See

Die »Ojuburuku« bahnte sich zielstrebig ihren Weg durch das bewegte Wasser. Ihr Ächzen wurde durch das Heulen des Windes untermalt. Ich merkte, wie es dem alten Einbaum schwerfiel, hier draußen in Wellen und Wetter zu bestehen. Über eine Woge zu reiten strengte ihn jedes Mal gewaltig an, und erschöpft ließ er sich in den nächsten Abgrund fallen. Er hatte nichts von der schnittigen Eleganz einer Yacht, von dem kühnen Wellenreiten eines Motorkreuzers. Aber noch meisterte er die See, zäh, ausdauernd, wie seine Besatzung.

Die Bucht hatte sich weit geöffnet, das Land war als schmaler Strich zurückgetreten. Eben winkten wieder Menschen von Bord eines Frachters aus Deutschland. Weit weg und klein, unerreichbar fern. Ich schätze, daß wir mittlerweile mindestens zehn Meilen vom Strand entfernt waren. Die Sonne stach vom blauen Himmel. Eine gefährliche Sonne, die, was sie traf, verbrannte und vernichtete. Schon spürte ich sie schmerzend auf Nacken und Stirn. Afrikas Sonne hat etwas Bedrohliches. Erstmals spürte ich diese äquatoriale Sonne. Ich war ihr ausgeliefert. Nicht der Hauch eines Schattens. Sie war eine unheimliche, gleißende Scheibe. Der Wind machte mit der Kehle sein Übriges, ließ sie vollends austrocknen. Die Zunge hing wie ein Lederlappen im Gaumen. Ich zog mir den Flapper (17) weiter ins Gesicht.

Es frischte auf, nicht viel, doch spürbar, während die

Sonne nichts von ihrer Intensität verlor. Selbst Okun wurde durch ihre Strahlen gepeinigt: er hatte sich aus dem Seesack einen weißen Helm gekramt. Einen Schutzhelm, wie man ihn vom Bau her kennt. Mit einigen Farbklecksen hatte er ihn »afrikanischer« gemacht. Keck saß er hoch, fast zu hoch und wackelig auf seinem Schädel. Aber er hielt. Ein gutes Stück unter dem Helm begann seine Stirn, mit tiefen Falten durchzogen. Darunter kleine gelbbraune Augen, unerhört tiefliegend und alt. Augen, deren Farbe vom ewigen Salzwasser verwaschen waren. Sie waren auf die Ferne eingestellt. Okun saß hinter mir, und wenn ich mich umdrehte, er mich ansah, hatte ich das Gefühl, seine verwaschenen Augen blickten durch mich hindurch, über das Meer zu neuen Fischgründen.

Er war ein richtiger Fischer. In seiner dunkelgrünen Toga, die er fest um Hals und Hüfte geschlungen hatte, sah er aus wie ein Gladiator. Er war ein Gladiator unter den Fischern am Golf! Er mußte einer sein, sonst wäre er heute nicht hinausgefahren. Um am Motor einen festen Sitz zu haben, hatte er den linken nackten Fuß gegen meine Bank gestemmt. Das andere Bein klemmte an der rechten Bordwand. Zwischen den Beinen hing das Stoffende seiner Toga. Okun war ein Mensch, der trotz seines kleinen Wuchses gleichermaßen Vertrauen und Besorgnis einzuflößen vermochte. Vertrauen in die absolute Beherrschung seines Handwerks. Besorgnis durch sein Wesen: es schien, als gehe kontrollierte Spannung von ihm aus, die sich irgendwann, irgendwo, wie ein Unwetter entladen könnte. Kräfte, die sich gleichsam urplötzlich frei machen wollten. Naturkräfte, die unter beherrschten Gesichtszügen schlummerten?

Im Boot kniete wasserschöpfend Tomba, Benjamin der Crew: groß, schön und ebenmäßig, fast zu schön für einen Fischersohn. Sein Kopf war oval, dunkelbraun der Teint. Die stolzen Augen mit arabischem Einschlag hatten Glut. Seine Nase war nicht platt, der Mund geschwungen, ja sinnlich, wie bei einer Frau. Tomba hatte das abstrakte, geschlechtslose Gesicht, das zu einem Jungen und zu einem Mädchen gleichermaßen paßte.

Gelegentlich schaute er vom Schöpfen auf und lächelte mich an. Es war ein melancholisches Lächeln. Manchmal hatte ich den Eindruck, diesen Ausdruck zu kennen.

Tomba trug nur eine ziemlich enge Hose, mit mehreren farbigen Flicken besetzt. Seine Brust war gänzlich unbehaart. Im Augenblick legte er den Schöpfeimer weg. Ich wußte nicht, ob er fühlte, daß ich ihn beobachtete. Auf jeden Fall wendete er sich ab und stellte ein Bein auf die Bordwand. Selbst bei dieser Verrichtung zeigte Tomba eine gewisse Würde.

Die »Ojuburuku« wogte durch die länger werdende Dünung dem letzten Dampfer entgegen, um endgültig die gewaltige Ansammlung dicker Schiffe zu verlassen. Und während ich da saß, mit den Wellen auf- und ab ging, mich gleichsam den schaukelnden Bewegungen anpaßte und allerhand Betrachtungen über meine Besatzung anstellte, geschah etwas.

Etwas Merkwürdiges, mit dem ich nicht gerechnet hatte: aus dem Schatten eines japanischen Frachters schoß plötzlich ein Motorboot, groß wie eine Hochseebarkasse, blau der Rumpf, weiß die Aufbauten.

Es machte schnelle Fahrt – welches sich an der mächtigen Bugwelle und dem abreißenden Heckwasser erkennen ließ. Die Barkasse stieß ein durchdringendes Tuten aus und hielt im spitzen Winkel auf uns zu. Verdammt!

Wollten die uns rammen? Nkrumo gab dem Ruder keinen Druck mehr und Okun nahm das Gas weg. Jetzt konnte ich es lesen, es stand in weißer Schrift über den Bullaugen: »Police«.

»Wird 'ne Art Wasserschutzpolizei sein«, überlegte ich. Okun beugte sich zu mir herüber: »Die können uns Ärger machen, Alubu.«

»Ärger? Wieso denn?«

Als er antworten wollte, schrillte es blechern durch das Megaphon herüber. Pidgin-Englisch – ich verstand nichts. Wir stoppten und torkelten querab in der See. Das Polizeiboot kam längsseits. Ein riesiger Neger in blauer Uniform, mit Stahlhelm auf dem Schädel, sprang in unseren Einbaum. Zwei andere, ein pockennarbiger Geselle und ein kurzer Wicht sicherten von der Barkasse, Maschinenpistolen im Anschlag. Das Elefantenbaby stürmte gleich auf mich zu: »Ausweis, Papiere!«

Ulomu, vom Lärm tatsächlich wach geworden, saß kerzengerade und erschrocken auf dem Netz – glotzte den Polizisten entgeistert an.

»Ich heiße Albert Hansen«, versuchte ich den Schwarzen zu beruhigen, »und komme aus Deutschland.«

»Ausweis, aber schnell! Was suchen Sie auf dem Boot?« herrschte der Bulle mich an, ein Typ mit groben, häßlichen Gesichtszügen, von einem Bart eingerahmt und stiernackig obendrein.

»Verflixt«, dachte ich, »der Kerl kann dir tatsächlich die Fahrt vermasseln.«

»Lassen Sie uns doch vernünftig reden, Sir, ich . . .«

»Vernünftig reden? Mit Ihrer Sorte Ausländer will ich nicht vernünftig reden. – Papiere – fix!«

»Die Fischer haben mich mitgenommen, weil ich mit Ihnen fischen möchte.«

»Ha, ha fischen!« Er lachte schallend gegen den Wind.
»Sie meinen schmuggeln oder als blinder Passagier abhauen! – Ihre Fischer nehmen wir uns auch noch vor, keine Angst!«

Damit machte er eine ausladende Handbewegung über's Boot. Zu meinem Erstaunen zeigten »meine« Männer keine besonders mutigen Gesichter. Ich konnte es ihnen auch nicht verdenken. Der nigerianischen Polizei sitzt nämlich der Schlagstock locker und schießwütig sind sie außerdem. Nun, die Sicherung der Schiffe auf Reede ist ein besonderer Job – die Piraten sind nicht zimperlich!

Tomba wollte mir helfen und mischte sich tapfer in die Debatte: »Es ist wahr, der weiße Mann ist unser Freund, er ist nur zum Fischen mitgekommen.«

»Shut up, Bastard!« brüllte der Bulle und zuckte mit dem Handrücken, als wollte er zuschlagen. An der Reeling standen die beiden Bewaffneten und grinsten.

»Zum letzten Mal, Mann, wo sind die Papiere?«

»Ich habe keine dabei«, sagte ich ruhig. Die Antwort gefiel ihm. Genüßlich wiederholte er sie, dabei ließ er seine rote Zunge über dicke Lippen gleiten. Was besseres konnte er sich nicht wünschen.

»Mitkommen!« seine Stimme überschlug sich.

»So nicht, Sir!« Ich wurde wütend: »Zwanzig Naira, wenn ich bleiben kann.«

Kaum ausgesprochen, wußte ich, daß es falsch war, unwiderruflich falsch, die Höhe und der Zeitpunkt.

Und schon blökte er: »Habt ihr das gehört? Der Ausländer will einen nigerianischen Polizisten bestechen, das wird ihm noch sehr leid tun!«

Er faßte mich am Arm, und beide sprangen wir aufs Polizeiboot.

Ich rief: »Warte, Okun, um Gottes willen, wartet!«

Keine Antwort.

An Bord nahmen mich die anderen Burschen in Empfang. Zu dritt drängten sie mich in die Kajüte.

Unten: »So, Deutscher sind Sie«, sagte der Schwarze, die MP an die Wand stellend.

»Wir haben viel übrig für nette Deutsche«, gab sich das Bartgesicht Mühe freundlich zu wirken, und es gelang ihm sogar.

Unglaublich, doch der giftige, gemeine Ton, die Kraftprotzerei dank Staatsgewalt war verflogen. Damit begann das Spiel, das ich nie ganz begreifen werde. Es ist mit Afrika so verwachsen wie Wurzelwerk 1000 Jahre alter Mahagonibäume, so wenig ausrottbar wie Unkraut – wildwüchsig wie Lianen.

»Was ist dem Deutschen denn die Fischfahrt wert?« fragte der Kurze. Ich kapierte natürlich, was das heißen sollte.

»Wir meinen, wie könnte so ein privates Geschenk für uns aussehen? Zur Erteilung einer Sondergenehmigung, verstehen Sie?« gab der Pockennarbige von sich und kam dicht zu mir. Ich roch süßliche Ausdünstungen. Eine Schnapsfahne oder billiges Parfüm, ging es mir durch den Kopf.

»Zwanzig Naira«, sagte ich.

»Für jeden!« bestimmte die Pockennarbe.

Die Situation ließ keinen Handel zu. Ich fingerte die Scheine heraus und warf sie auf den Tisch.

»Auf Wiedersehen, Mr. Hansen«, sagten sie. Und in ihren Stimmen lag keine Ironie. Es war wirklich nett gemeint. Sie gaben mir die Hand, alle drei. Wie jedesmal in solch einer Situation wußte ich nicht, ob ich wütend oder froh, verbittert oder dankbar sein sollte. Ich tröstete mich: Afrika »Terra Incognita« ist niemals zu erforschen.

Alles, was in der menschlichen Seele nicht zu analysieren ist, ist in Afrika zu finden!

Mit einem Sprung war ich auf der »Seeschlange«, Okun gab Gas, Nkrumo legte sich ins Ruder – ab ging die Fahrt. An der Reling winkten die Polizisten. Ich konnte ihnen nicht böse sein, dazu war ich zu lange in Afrika. Nein, es sind nette Menschen, auf ihre ureigene Art nett!

Wir zogen an dem letzten Pott vorbei. Ein komisches Gefühl, leicht und tänzelnd so nah an einem so riesigen Schiff vorbei zu fahren, das träge, fast unbewegt weit draußen vor der Bucht lag, während man selbst Welle für Welle parieren mußte, um nicht voll Wasser zu schlagen.

Nkrumo beherrschte die See meisterhaft, er thronte mit seinen Beinen an den Spanten, eingekeilt über dem Heck. Sein Gesicht in den Wind gekehrt. Ich schaute zu ihm hinauf, er grinste und gab mir ein Zeichen, das unmiß-verständlich bedeutete, daß er Herr der Lage war. Er war nicht das Exemplar eines Fischers, sondern das eines See-räubers! Ich hatte noch nie einen leibhaftigen gesehen, doch eines war sicher, schwarze Freibeuter im Film nah-men sich harmlos aus neben Nkrumo.

Gottlob hatte die Sonne an Stärke verloren und war im Begriff im Westen ins Meer zu gleiten. So flach stand sie bereits, daß sie hinter Nkrumo schien und das statuen-hafte an ihm unterstrich, ihn gleichsam übergroß proji-zierte: den Schädel, dem büschelweise die krausen Haare ausgegangen waren und ihn mit vielen blanken Stellen überzog. Die vernarbte Haut, die dem Gesicht beinahe etwas Totenähnliches gab. Aus dieser Maske von Gesicht stach eine Nase, urwüchsig wie ein Krater. Das rechte Auge war blind. Starr stierte es ins Boot. Es schien, als habe das gesunde Auge die Kraft des toten übernommen: ungewöhnlich groß, phosphoreszierend und von nervöser Ruhelosigkeit, nahm es gleichsam den ganzen Atlantik mit einem Blick auf.

An der Wange »zierte« Nkrumo eine zackige Narbe, die mit einer dünnen pergamentartigen Haut überzogen war – durchsichtig und rot – sie erweckte den Anschein, als würde sie fortwährend bluten. An Gestalt war Nkrumo dürr und groß, über ein Meter achtzig, mit Armen, die an knorrige Äste erinnerten, und schwarz war er wie Ebenholz. Seinen Brustkasten dekorierte eine großgliedrige Silberkette, außerdem umflatterte ihn eine blaue Weste aus Sackleinen. Beine und Gesäß steckten in weiten Pumphosen. Machte Nkrumo den Mund auf, um Luft zu holen, wurden Zähne frei – Zähne, Kieselsteinen ähnlich, zufällig in den Mund gestreut.

Hoch oben in der Sonne stemmte sich sein Körper in den Wind und bei jeder Bö bekam sein Gesicht den Ausdruck aberwitzigen Grinsens. Ich war besessen von seiner abschreckenden Wildheit, starrte hinauf, wo sich im fahlen Licht sein Mund auf einmal zu einer irren Fratze formte.

»Er singt das Lied vom Glück«, sagte Okun. »Er unterhält sich mit den Fischen: Makrelen, Haien, Thunfischen und Barschen. Wenn sie ihm wohlwollen, wird der Fang gut sein und wir werden volle Netze haben.«

Ich lauschte. Von oben drangen kehlige, disharmonische Laute an mein Ohr.

»Er wird lange singen, sehr lange, bis die Sonne untergeht und die Fische schlafen. Schlafen, um sich fangen zu lassen. Ja, Alubu, Nkrumo hat Macht über die Fische, wie der Wal, der Wassergott und der Delphin und die Pythonschlange und das Krokodil, die Wassergeister

Macht über alle Meerestiere haben«, erzählte Okun geheimnisvoll und rückte dicht an mich heran. Auf seiner Wange hatte sich schorfig Hautkrebs breitgemacht. Seine Augen durchdrangen mich, schauten auf's endlose Meer.

»Ach, Alubu, jetzt spricht er mit dem Delphin . . . horch nur, horch!« seufzte Okun. Es klang, als würde ein Frosch in weiter Ferne quaken, die Fischer aber glaubten an die Macht Nkrumos und an die Macht der Wassergeister.

Ulomu lag wieder schlummernd auf den Netzen. Tomba schöpfte mechanisch Wasser, denn es lief stetig nach – die Monotonie seiner Bewegungen wurde nur unterbrochen, wenn er aufschaute und verträumt herüber sah. Einmal hielt er inne, als würde er sich an eine fast vergessene Begebenheit erinnern und sagte: »Du mußt wissen Alubu, wir aus Ghana mögen die Nigerianer nicht besonders. Die meisten sind dumm, faul und übelriechend. Wir schauen ein bißchen auf sie herab.«

»Aber ihr kommt, um bei ihnen zu arbeiten.«

»Ja, das stimmt«, antwortete er bitter, »das ist die Ungerechtigkeit, wir sind gebildet und arm, sie sind reich und dumm. Viele aus dem Stamm der Adangme (18) – ich bin Adangme – sind in Accra auf ein College gegangen.«

»Du auch?«

»Natürlich, Alubu, oder findest du nicht, daß ich ein gutes Englisch spreche?«

Überzeugt davon, gab er sich wieder seinem Wassereimer hin. Okun widmete sich dem Motor, und Nkrumo dem Ruder und seinem Gesang. So fuhren wir weiter und weiter hinaus. Die Schiffe rückten ab und wurden kleiner, das Ufer war längst am Horizont versunken. Klagende Möwen wurden selten. Schließlich gab es außer uns nichts Lebendes in dieser Wasserwüste. Geduldig stampfte der Einbaum, richtete sich auf und klatschte matt vornüber. Auf und ab. Hoch und runter. Zwischendurch rollte er von Backbord nach Steuerbord.

Bis auf den Magen, hatte sich der Körper daran gewöhnt. Kleine Wellen plätscherten gegen die Bordwand, wuchtige schlugen ein, jedes Mal mit etlichen Litern Wasser. Die Zeit rann dahin, die Sonne sackte tiefer und tiefer. Grelles Licht flutete in breiter Bahn zwischen Boot und westlichem Horizont, so stark spiegelnd, daß die Augen heftig schmerzten.

Unerwartet wurde die Wüste aus Wasser lebendig. Ein großer Fregattvogel war auf einmal da. Pfeilschnell huschte er dahin, mit seinen langen, spitzen Flügeln und dem gegabelten Schwanz. Er ist der schnellste Flieger der Meere. Hier und da ließ er sich wie ein Stein fallen, doch jäh fing er sich über der Wasseroberfläche ab, stieg in die Luft und kreiste – stürzte und tauchte.

Okun deutete auf den Vogel: »Er sucht Fische, ein gutes Zeichen. Bald werden wir die Netze auswerfen.«

Das Wasser war jetzt dunkelblau, fast violett. Aus der bewegten Masse sprangen silberne Geschosse empor, zischten fünfzig, sechzig Meter über die Oberfläche und tauchten weg. Wir gerieten in einen Schwarm Flugfische. Einige segelten direkt auf uns zu, und ich konnte erkennen, daß sie wie Heringe mit überlangen Brustflossen aussahen. So ein Flugfisch in der Luft machte einen ziemlich verzweifelten Eindruck. Es war jedes Mal beruhigend, wenn er dort hineintauchte, wo er hingehörte, zumal der Fregattvogel Anstalten machte, ihn zu jagen. Die Fischer wurden unruhig. Sie schauten aufmerksam über das Wasser. Auch Ulomu war aufgewacht, hatte sich den Strohhut ins Gesicht gedrückt und kauerte im

Bug. Etwas tat sich! Entweder hatten wir die Fanggründe erreicht oder es tummelten sich, für mich noch unsichtbar, irgendwo große Fische. Tatsächlich: Ein Thunfisch, gut und gerne zwei Meter lang, silbern und dickbäuchig. Für Augenblicke kam er steuerbords aus der Tiefe, machte einige starke Flossenstöße neben dem Boot und glitt wieder hinab. Ich stieß Okun an.

Der lächelte zufrieden und drosselte den Motor:

»Es scheinen eine Menge Fische hier zu sein.«

Ich konnte keinen mehr entdecken, das Meer war zu dunkel. In der Zwischenzeit hatte sich die Sonne in eine flammende Orange verwandelt, nippte am Horizont, entzündete die zarten Federn der Zirruswolken, die sich in ihrer Nähe bildeten blutrot, und der Tag schied schnell, unbeschreiblich schön. Schleierwolken blühten auf, wurden prächtiger und erfüllten den ganzen westlichen Himmel. Aus gelber Mitte strahlten fiebrigrot Adern zu den äußeren Rändern. Die Sonne versank ins Meer und mit ihr das Licht. Alles was blieb, war der schwache Widerschein der Wolken, die rasch ihr Feuer verloren und das geheimnisvolle, tote Violett der See annahmen.

»Alubu, der Lichtgeist, ist ins Meer gestiegen«, raunte Okun.

Unsere »Seeschlange« trieb verlassen, wie ein Geisterschiff, im Atlantik. Und die Fischer, deren Gesichter im fahlen Schein zu dämonischen Masken erstarrten, hielten Totenwache. Welch ein Gedanke: allein im Atlantik, vierzig Meilen von der Küste, in einem Gespensterboot mit schwarzen Dämonen? Schaurig schön.

Ich ließ mich durch die Wellen reiten, schaute zurück, wo ich fern hinter dem Horizont Ufer und Land vermutete und genoß das Einbrechen der Nacht – der Dunkelheit, die gleichsam aus dem Meer stieg. Tag und Nacht versöhnten sich. Die See war ruhiger geworden, die Wogen hatten ihre zornigen Schaumkronen verloren — fast verloren, denn ab und zu noch schimmerten weiße Köpfe im Dämmerlicht. Und der Atlantik nahm die Gestalt eines stumpfen Spiegels an. Matt und millionenfach gesprungen, weil die Oberfläche nicht zur Ruhe kam. Diese Stunde strahlte eine heilige Ruhe aus. Eine Ruhe, wie man sie vor Orkanen oder gewaltigen Unwettern kennt. Ich hörte nichts mehr, selbst das Tuckern des gedrosselten Motors wurde von der Nacht verschluckt. Ich schaute nur nach Norden, wo sich etwas sonderbares abspielte. Kaum erwähnenswert und so natürlich, daß ich es eigentlich nicht registrierte, nicht bewußt aufnahm. Doch war es vorhanden und erst Stunden später erinnerte ich mich genau an das, was sich jetzt viele Meilen entfernt entwickelte: Im Norden war der Horizont fast schwarz und in diese Schwärze schob sich etwas, unaufhaltsam wuchernd, wie ein Geschwür, vorwärts.

Der Außenbordmotor erstarb. Wir ergriffen die Paddel und brachten das Boot mit einigen kräftigen Schlägen in Position. Die Wassertropfen glitzerten nach jedem Paddeleinstich wie ein Schwarm Glühwürmchen: leuchtendes Golfkraut, phosphoreszierendes Plankton, eine Faszination auf nächtlicher See! Ein funkelnder Sternenteppich, für die Fischer ein sicheres Zeichen für einen guten Fischgrund. Hier draußen vor der Küste wurde das Meer jäh viele Hundert Faden (19) tief und in dieser Senke, die eine ziemliche Turbulenz verursachte, tummelten sich gewöhnlich allerlei große Fischschwärme.

Der Bug der »Seeschlange« zeigte nach Norden und die Wellen aus Südwest trafen auf ihre Breitseite, doch sie waren kraftlos und konnten ihr nichts anhaben.

Nkrumo war von seinem Hochstand heruntergestiegen und befestigte die schwere Ruderstange mit Tauen waagerecht an der Bordwand. Okun holte aus dem trockensten Plätzchen des gesamten Einbaums, unter seinem Helm, Tabak hervor und drehte sich, den anderen Fischern und mir Zigaretten. Dann balancierte er nach vorn zum Netz. Seit dem die Wellen nicht mehr ins Boot schlugen, war Tomba ein wenig zur Ruhe gekommen. Er kramte eine Stallaterne aus dem Seesack, füllte sie mit Petroleum aus einer verbeulten Dose, und zündete sie an. Auf Boot und Wasser fiel schummriges Licht, in dem die Fischer wie Scherenschnitte wirkten. Tomba kroch über zwei Bänke in die Nähe des Netzwerkes und befestigte die Laterne auf einem dicken Styroporbrett. Stieg nun unendlich mühsam und schwerfällig an die Plicht, wo er die Leuchtanlage installierte. Und dabei sah ich, was mir vorher verborgen blieb: Tombas Bein war verkrüppelt. Es stand eigenartig ab und ließ sich kaum bewegen.

Hier über dem Fanggrund kannte jeder seine Handgriffe und sie saßen, denn das Treibnetz mußte gleich nach Sonnenuntergang zu Wasser gelassen werden. Ich schob mein Paddel unter eine Bank und kletterte vor zum Netz, das sauber aufgeschossen neben dem Segel lag. Mit flinken Händen wurde das Fanggeschirr über Bord gebracht. Ich griff es auf, Nkrumo breitete es aus und Okun warf es mit elegantem Schwung ins Meer, wo es wie eine Schleppe backbords vom Boot trieb. Das Treibnetz war siebenhundert Meter lang und zwei Meter breit. Damit es senkrecht im Wasser hing, wurden ihm bereits an Land am oberen Rand in regelmäßigen Abständen Korkenoder Styroporwürfel eingeknotet und unten, jeweils dem Auftrieb gegenüber, Bleistücke angebunden. Wind und Strömung trieben unser Boot stets parallel zur Küste, das

Netz wurde schnurgerade mitgezogen. Fast eine halbe Stunde schon griff ich in das nicht enden wollende Netzpaket. Die Maschen waren faustgroß, aus feinem Bindfaden geknüpft, für mittelgroße Fische ausgelegt: von der Makrele über den Katzenhai bis zum Thunfisch von einem Zentner.

Okun drängte zur Eile, ich griff schneller zu, meine Finger wurden wund. Auf ein Zeichen hin knotete Tomba seinen kleinen Leuchtturm an den oberen Rand des Netzes und warf ihn über Bord. Dunkle Nacht umgab uns.

»Die Hälfte des Netzes ist im Wasser«, erklärte Okun. Meine Finger schmerzten. Tanzend entfernte sich die Petroleumlampe. Ihr Schein wurde schwächer und . . . ab und zu blinkte ein punktförmiges Licht herüber, immer wenn die Lampe aus einem Wellental auftauchte. Nach einer Stunde trieben siebenhundert Meter Netz außenbords. Eine Weile schaute Okun ihm nach, wie in stiller Andacht. Ich vermochte seine Gedanken nicht zu lesen, doch war ich sicher: er beschwor die Wassergeister.

Die Augen hatten sich an die Nacht gewöhnt. Wir konnten uns nicht sehen, aber hören, ahnen und als konturenlose Schatten erkennen. Allmählich erschienen Sterne am Firmament, unscheinbar, flimmernd, dann hell, einzeln und in Gruppen, schließlich wie ein strahlendes Dach – riesig und berauschend. Darin leuchtete der Mond aus einem bösartigem Hof. Er tauchte alles in kaltes Chromlicht. Im schwappenden Wasser des Bootsrumpfes spiegelten sich allerlei Gegenstände. Wir rückten im Heck zusammen, zerrten den Seesack zwischen uns, um Eßbares herauszusuchen.

Mein Magen war verstimmt, deshalb kaute ich appetitlos auf Keksen herum. Okum, Nkrumo, Tomba bereiteten sich ein komplettes Mahl, kalt zwar, aber mit verschiedenen Gängen: Schaschlikspießen folgten Curryreis mit rohen Fischstückchen, schließlich matschte Nkrumo Klöße aus Yam in einer Schüssel mit Wasser. Seine Hände zerdrückten die Masse genüßlich zu einem dünnen, milchigen Brei. Als er schließlich seine Finger laut schmatzend ableckte, erweckte es den Anschein, als vollzöge er eine rituelle Handlung. Der Topf wanderte nun von Fischer zu Fischer und die gespitzten Münder schlürften gierig die schleimige Suppe.

Satt rülpsend wurde sie weitergereicht. Als ich an der Reihe war, den Topf ansetzte, schlug mir fauler Gestank entgegen und ich glaubte, mich übergeben zu müssen. Ich gab den Topf weiter, natürlich war das eine Beleidigung, doch Gastgeber anzuspucken war beleidigender!

Wir steckten uns eine von Okuns gedrehten Zigaretten an. Nkrumo rutschte neben mich und angelte eine Flasche aus seiner Segeltuchjacke. Er streichelte die Literflasche liebevoll und zog den Korken ab.

»Fine and old brandy.« sagte er, mehr zu sich selbst und setzte die Pulle an. Glucksend floß der Alkohol durch seine Kehle. In den heruntergezogenen Mundwinkeln sammelte sich Schnaps und tropfte auf seine Pluderhose. Mit einem tiefen Seufzer setzte Nkrumo die Flasche ab.

»Ahh . . . trink Alubu und wärme dich, wir werden eine kalte Nacht bekommen.«

Ich hob die Flasche, der Schluck blieb mir im Hals stecken. Sprit! Reines Gemisch aus Benzin und Öl. Verdammt, wohin mit dem Gift? Ich rollte mit den Augen, sah die Gesichter der Fischer, abwartend und skeptisch. Ich schluckte. Sie lachten heiser und klopften mir anerkennend auf die Schulter. Mir war zum Sterben zu Mute.

Und Nkrumo setzte noch einmal an, dann reichte er die Flasche an Tomba weiter und wandte mir sein Gesicht zu, das im Mondlicht noch fürchterlicher aussah.

»Alubu – ob du's glaubst oder nicht, davon trinke ich eine viertel Gallone (20) am Tag«, sagte Nkrumo und zeigte auf die Flasche.

»Eine viertel Gallone«, staunte ich.

»Ja, das hält warm in diesen verdammt kalten Nächten im Atlantik.«

»Du wirst nicht mehr viele Nächte erleben, Nkrumo.«

»Doch, doch. Ich bin stark und gesund. Wir Fischer vom Volk der Fanti sind stark und gesund.«

»Fanti?«

Er zeigte auf seine rote Narbe.

»Das hier, der Dreizack, ist das Stammeszeichen der Olo-Fanti!« (21)

»Ja, Nkrumo, ich glaube dir, du wirst noch sehr viele Nächte fischen.«

Beruhigt lehnte er sich zurück und schlief ein. Noch im Schlaf zeigte der geschundene Schädel Nkrumos in all seiner Häßlichkeit etwas Aristokratisches, etwas von den stolzen Hirtenvölkern aus dem Norden.

Ich verspürte Durst und freute mich auf eine kühle Dose Bier. Okun stützte seine Hand auf meine Schulter, kletterte zur Bootsmitte und urinierte ins Meer. Ich steckte das Bier wieder weg, geplagt von einer schmerzenden Vorahnung.

Eine kühle Brise wehte heran, ich zog mein nasses Hemd aus, denn mich fröstelte. Tomba beobachtete mich. Er sah unendlich leidend aus, es mochte an den tiefen Schatten liegen, die sein schönes Gesicht entstellten. Nachdem ich Hemd und Hose gewechselt hatte, war mir wohler. Tomba kam heruntergekrochen und hockte sich zu mir. Er sprach sanft, ich konnte sein Englisch gut verstehen. Wir plauderten über den Fischfang.

Auf einmal sagte er: »Du siehst sonderbar aus, Alubu«, er berührte meinen Arm mit seinen schlanken, schwarzen Fingern. »Du hast graue Zähne, viel zu lange, unordentliche Haare und eine spitze, häßliche Nase.«

Ich schaute auf. Während er sprach, leuchteten seine Zähne wie Perlmutt.

»Ehrlich, wenn ich es sagen darf, schön bist du nicht.« Er machte eine Pause. Ulomu spielte auf der Mundharmonika. Sein Lied klang beruhigend und einschmeichelnd. Tomba fuhr fort: »So, Alubu, wirst du bei den Mädchen von Lawani keinen Erfolg haben. Ich will dich beraten! Erst einmal mußt du dir die Haare von der Brust und aus dem Gesicht zupfen. Dann mußt du dich mit wohlriechendem Öl einreiben, mit den Zähnen Balsaholz kauen und dein Haupthaar in Ordnung bringen. Oder . . .«, er sah mich grinsend an, »magst du die Mädchen von Lawani nicht?«

Schweigen. Ich schaute nachdenklich zu Ulomu, der noch spielte und jetzt von Okun mit leisem, heiseren Gesang begleitet wurde.

»Maluna mag mich«, sagte ich endlich.

Tomba machte ein verzweifeltes Gesicht.

»Maluna ist häßlich. Viel zu dürr. Die Hüften zu schmal, ihre Brüste viel zu klein und der Hals entsetzlich lang.«

Schweigen.

»Glaub' mir, Alubu, Maluna ist meine Schwester, aber leider sehr häßlich!«

»Deine Schwester?«

»Ja, Chief Laurensubu ist mein Vater und ihr Vater«, sagte er und zuckte mit der Schulter: »Ihre Mutter war auch meine Mutter.« Er legte seine Hand auf meine Schulter und rückte noch etwas heran. »War?« fragte ich.

»Ja, Alubu, aber das ist keine schöne Geschichte«, lenkte er ab. »Wenn wir wieder in Lawani sind, werde ich dich mit einem schönen Mädchen bekanntmachen. Ich werde mit ihr sprechen, unter gewissen Voraussetzungen wird sie dich auch mögen.«

Wir starrten in die Nacht und lauschten der Musik. Die See war breiig, zäh wie Melasse und roch nach Salz und Tang. Okun sang und sang, kehlig und schön. Das Lied erfüllte die Finsternis.

»Er singt das Lied von der Liebe. Von den Menschen, die sich gern haben. Von der mächtigen Dunkelheit, die aber doch der Kraft des Lichts weichen muß. Und von den toten Meeren, in die die Fische kamen, um sie zu beleben. Von den Vögeln, die über den Meeren kreisen und den Fischern sagen, wo die Fische sind. Horch, Alubu, es ist ein schönes Lied und es wird alle versöhnen, die Menschen, das Meer und die Fische. Es wird eine glückliche Fahrt werden«, flüsterte Tomba.

Nach einer Weile sah er mich verlegen von der Seite an: »Ich glaube, du bist einsam, Alubu.«

»Einsam?« fragte ich erstaunt.

»Ich sehe es dir an, es spricht aus deinen Augen. In dir sehe ich einen einsamen Menschen. – Du hast keine Familie, keine Kinder, keine Frau?«

Ich wollte etwas sagen, doch er unterbrach mich.

»Warum hast du nie geheiratet?«

»Ich bin verheiratet, ich habe auch Kinder!«

Tomba klopfte nachdenklich die Asche von seiner Zigarette, zog daran, daß sie hell aufleuchtete, und warf die Kippe über Bord.

»Dann sag Alubu, warum bist du nach Afrika gekommen, warum zu uns aufs Boot?«

Ich hatte die Frage irgendwann erwartet, hatte sie mir selbst oft gestellt und ich war jetzt, da ich darauf antworten sollte, verlegen: »Warum bin ich hier?« wiederholte ich mehr im Selbstgespräch und fragte:

»Um all den Bedeutungslosigkeiten trostloser Tage zu entrinnen? Auf der Suche nach Zufriedenheit. Nach der Wahrheit? Warum treiben wir am Ende Afrika zu? Wenn unsere Seele krank ist? Afrika, das Land des Beginns? Der letzte Ort der Zuflucht? Ich weiß es nicht, Tomba, wirklich nicht.«

Der Fischer hörte schweigend zu.

»Oder doch? Bin ich krank und müde? Es ist die Technisierung, die uns alle krank macht!«

»Technisierung ist gut! Warum flüchten Menschen vor ihr?«

»Das stimmt nicht. Technisierung, wie wir sie haben, ist nicht gut. Sie ist ein perfekter Apparat, öde und seelenlos. Ohne wirklichen Glauben, es sei denn an das Geld. Und eine Freiheit, in der man in Bequemlichkeit verkommt.«

Er seufzte: »Du bist ein einsamer Mensch, wirklich ein sehr einsamer Mensch, doch ich mag dich. Bleib in Afrika, Alubu, bei uns und du wirst gesund werden an deiner Seele.«

Dann drehte er sich leicht zur Seite und schloß die Augen. Rasch rutschte ihm der Kopf auf die Schulter.

Ich war unter ihnen, den schlafenden und wachenden Fischern, selbst halb wach, halb schläfrig. War keiner von ihnen, doch dabei und akzeptiert. Mit schweigender Zustimmung angenommen. Ich fühlte es. Dieses Gefühl des Aufgenommenseins bedurfte keiner Worte. Der Wind säuselte und ich verstand die schweigsame Art der

Fischer, denn es war der Wind, der auf See spricht, und er spricht immer und der Fischer ist nie allein auf See. Es war schön, wortlos aufgenommen zu sein. Ein Gefühl, daß ich lange nicht mehr kannte und immer vermißt hatte. Ich war in dieser Nacht glücklich. War es nicht komisch, daß ich das unter den einfachen Fischern vom Golf erlebte, in ihrem halb verrotteten Boot, auf harten Planken mit schmerzendem Rücken hockend?

Glück? Was ist das? Wo ist es zu finden? Wo zu suchen? Oder ist es aus der Welt des Industriemenschen entschwunden? Ist es ein Wort, eine Berührung, ein Blick? Ist es eine imaginäre, nie erreichbare Größe, der wir nachjagen, die wir nie erreichen – schließlich auf halbem Wege Glück nennen, was in Wahrheit kein Glück ist, aus Traurigkeit, aus Verzweiflung?

Und mir wurde unendlich klar in dieser Nacht, daß Glück und Schmerz so nah beieinanderliegen, beieinanderliegen müssen, wenn das Sehnen nach Glück in trügerischer Erfüllung endet. Und die moderne Menschheit ist in Wirklichkeit die verlorene Menschheit, die sich immer mehr von der Chance, jemals glücklich zu sein, entfernt.

Ich lehnte mich zurück. Schaute in den Himmel, zu den Sternen, unglaublich hell waren sie, unglaublich nah. Und der Mond zwischen ihnen ließ mich schaudern. Ich schloß die Augen, empfand jene erhabene Ruhe – war allein mit dem Meer, mit Afrika. Mein Gott – Afrika! Warum nur zog es mich so magisch an, warum war ich ihm fern; umklammerte mich grausam mit klebrig, stinkendheißen Armen, warum war ich da . . .?

Ulomu hatte aufgehört zu spielen; bis auf das monotone Plätschern der Wellen war es still geworden, und der Ozean vermittelte eine fast häusliche Geborgenheit . . .

Jäh hallte der Schrei über die See, grell, als teile ein Peitschenhieb die Nacht. Wir zuckten zusammen, gelähmt lauschten wir dem irren Laut. Nur zögernd wich der Schock aus den Gliedern.

»Der Donnervogel, Alubu, er schreit nur ein einziges Mal. Er wird uns Unheil bringen«, murmelte Ulomu.

»Es war der Donnervogel«, bestätigte Okun.

Schwerfällig erhob er sich, hob einen Treibstofftank auf die Bank neben dem Außenbordmotor, drehte zwei Verschlüsse auf, verband den Ersatztank mit dem Motor. Der Überlauf funktionierte nicht. Also steckte er das Ende des Schlauches in den Mund und saugte den Treibstoff an. Erst behutsam, dann kräftiger. Als er den Mund voll Sprit hatte, spie er in die See. Obgleich er das vollgesaugte Schlauchende so schnell wie möglich in den Motortank hängte, gelang es ihm nicht, diesen zu füllen. Immer wieder saugte und spukte er, ohne den Überlauf herstellen zu können. Ich beobachtete sein geduldiges Treiben eine Weile – bis ihm der Treibstoff aus Mund und Nase lief. Doch Okun gab nicht auf, sich auf seine Art physikalischer Gesetze zu bedienen.

Unvermittelt durchfuhr eine nachhaltige Kühle die Luft. Es schien aus mit Geborgenheit und Ruhe. Die schwarzen Fischer zogen sich Plastikfetzen wie Bettlaken unters Kinn und fröstelten stumm vor sich hin. Sie hielten die Augen geschlossen, saßen stocksteif, schliefen aber nicht. Zwischen uns hatte sich eine undefinierbare Spannung aufgebaut. Sie saß im Boot, zwischen uns, wie ein neuer, beängstigender Passagier.

Im Norden wuchs die ehemals kleine Wand zu einem Ungeheuer. Unaufhaltsam fraß sie Sterne und jagte Wolkenfetzen vor den Mond. Er sah gehetzt aus, der Mond und manchmal wirkte sein Hof noch bösartiger. Schwarz aufgetürmte Wolken stürmten heran, verschlangen Mond und Sterne, stülpten sich über uns, und ein Wind, vielmehr ein Orkan, stürzte zornig auf uns los. Dann schoß zackig eine grelle Ader aus dem Himmel ... Der Donner krachte betäubend und trocken, wie eine Salve.

»Das Netz«, brüllte Okun in den Sturm.

Wir stürzten in den Bug. Tief griff ich ins Wasser, die Finger in die Maschen, zerrte ein Stück Netz über die Bordwand, das Okun an Ulomu zum Aufschießen weiterreichte. Die Kette funktionierte. Nkrumo riß die Ruderstange los, er klemmte seine Fußsohlen zwischen die Bohlen und versuchte, das Boot auf Kurs zu halten.

Die Spannung löste sich, große Regentropfen begannen zu fallen. Zaghaft, dann prasselnd – Wasser mit Kübeln ausgeschüttet, so konzentriert, daß einem schier der Atem genommen wurde. Aus dem Nichts formten sich hohe, schaumgekrönte Wogen. Sie schlugen gegen die Bordwände, brachen von allen Seiten ein.

Beharrlich griff ich in die See und zog das Netz ein. Es war schwer und es ging langsam, viel zu langsam. Tomba kniete neben mir, mit einer schweren Keule in der Hand. Das überstürzte Netzeinholen auf tanzendem Boot bei Nacht war nicht ungefährlich. So ein wilder Hai in den Maschen konnte mir den Arm – und ins Kanu gezerrt, den anderen die Beine übel zurichten.

Der Sturm tobte heftiger, Blitze, Donner, Regen, tobende Brecher, ein wahnsinniges Geheul – Chaos – umgab uns. Die »Seeschlange« gebärdete sich wie eine Nußschale. Stieg in undenkbare Höhen und stürzte in Tiefen, aus denen sie nie wieder herauszukommen drohte. Wir lagen jetzt, um nicht über Bord gespült zu werden, flach auf dem Bauch. Unsagbar schwer ließ sich aus dieser Position das Netz einholen.

Warm und klebrig fühlten sich die Finger an, denn sie bluteten und schmerzten stark. Ab und zu flog mir ein Zehnpfünder auf den Hinterkopf und flutschte über den Rücken. Gebissen hatte mich bisher keiner – es mußten Makrelen sein.

Tomba tastete, packte sich die »Burschen« mit sicherem Griff. Ein harter, klatschender Schlag mit der Keule tötete sie. Irgendwo in der Plicht befand sich eine Aussparung für den Fang. Doch in diesem verdammten Hexenkessel von Boot flog alles durcheinander.

Nkrumo war von seinem Heckplatz gerutscht. Ich erkannte seinen tief geduckten Schatten an der Bordwand. Er hatte aufgegeben zu steuern, versuchte nur noch krampfhaft sich im Boot zu halten.

Der Einbaum stieg und fiel, tauchte weg und wieder auf. Brecher rollten heran, schleuderten uns beißendes Salzwasser in Gesicht und Augen – entluden sich im Boot. Fieberhaft riß ich am Netz; merklich schwanden die Kräfte, die Schmerzen an den Händen waren drauf und dran mich zu betäuben.

»Albert, bleib am Netz, du darfst nicht schlappmachen«, feuerte ich mich an. »Die Hände werden wieder o. k., Hauptsache das Netz kommt rein!« Ich kämpfte mit Übelkeit. Jeder Handgriff wurde zur Qual. »Verdammter Schlappschwanz, reiß dich zusammen! Du bist nicht nur als Ballast mitgekommen. Wenn das Netz nicht an Bord kommt, sind wir geliefert. Alles werden die Fischer machen, aber nicht ihr Netz kappen, an dem die Sippe ein Jahr geknüpft hat!«

Okun mußte bemerkt haben, daß ich große Schwierigkeiten mit dem Einholen hatte. Er griff mit in die Maschen, dabei richtete er sich auf seinen Knien auf. Im tobenden Boot nahm er so einen höchst unsicheren Stand ein. Eben brauste wieder ein Brecher über die Plicht – das Wasser stieg im Rumpf bedrohlich an. Der Schlag ließ die »Seeschlange« wie ein waidwundes Wild taumeln und nach Lee abstürzen. Mein Magen rutschte mir hoch bis zum Hals. Ich zog die Beine an und rechnete jeden Moment damit, daß sich das Boot überschlug. Doch es richtete sich wieder auf, kam wieder hoch, wie zum letzten verzweifelten Versuch, der See zu trotzen.

Schon rollte der nächste Angriff. In einem Aufruhr zischender Gischt ritten wir in schwindelerregendem Tempo die Vorderseite eines neuen Brechers hinab, lagen für atemberaubende Sekunden im Wellental – reglos – wurden vom nächsten geschüttelt, geschleudert und den ewig neuen Angriffen ausgesetzt. Herrlich und wild, wie im Rausch.

Bei manchem schweren Wetter segelte ich vor Helgoland, aber was hier über mich hereinbrach, hatte ich noch nicht erlebt! In eine dermaßen tobende See war ich bei Gott noch nicht geraten.

Jetzt stand das Unwetter unmittelbar über uns. Zuckende Blitze, krachende Donner – alles entlud sich gleichzeitig. Dazu Regen, wie aus offenen Schleusentoren. Nkrumo, wieder auf Posten, versuchte nach jeder Attacke den Einbaum vor dem Querschlagen zu bewahren, um nachfolgenden Brechern, die uns unweigerlich begraben würden, zu entrinnen. Dabei entwickelte er übermenschliche Kräfte.

Ich konnte nicht mehr, war fix und fertig. Das Netz, erst dreiviertel im Boot, und ich mußte aufgeben! Ich hatte mit dem Netz gekämpft, und das Netz besiegte mich.

Bei den letzten Metern wurden die Schmerzen unerträglich, als zöge ich es über rohes Fleisch und blanke

Knochen. Ich kroch zur Bootsmitte und versuchte mich mit Ulomu im Wasserschöpfen.

Eine wilde, ohnmächtige Wut befiel mich. Bis zur Brust stand mir das Wasser, wenn ich kniete. Wir schöpften, von Angst und Schrecken getrieben. Das Wasser stieg. Jeder Brecher schleuderte gut einen viertel Kubikmeter ins Boot. Unser Einsatz wurde zur nichtsnützigen Schinderei; wenn der Einbaum nicht vollief, würde er bersten oder kentern. In der Regenzeit dauern Unwetter viele Stunden, ja manchmal Tage an; das überstehen wir nicht, nicht wir und erst recht nicht die »Seeschlange«.

Zwecklos Albert, du hast dich auf ein elendes Abenteuer mit diesen elenden Fischern eingelassen und hier, mit dieser Nacht wird es enden! Du bist ein mieser Durchschnittsbürger, ein Stadtonkel, mit schlaffen Muskeln und ebenso schlaffem Willen, für solche Strapazen einfach nicht geschaffen. In Afrika den Naturburschen spielen ist tödlich, Albert, du gehörst auf den Bürostuhl, wo du hergekommen bist und in Ruhe Zahlen quälen kannst. Jeder hat dich gewarnt, doch du hast nicht hören wollen, jetzt hockst du mit den Fischern in einem Boot. Und nun mein Lieber, sieh zu, daß du sauber untergehst. Wie ein kleiner dämlicher Seeheld!

Mir war mehr als mies zumute und ich fluchte ohnmächtig gegen den Sturm − doch ich wußte nicht warum, ich schöpfte, mehr schwimmend als kniend schöpfte ich weiter Wasser. Eimer um Eimer ergoß sich über Bord. Irgendwo zwischen uns polterte die Petroleumlampe. Natürlich war sie erloschen und damit die vage Hoffnung, in diesem Tumult etwas Licht zu haben, begraben.

Die stärksten Arme zogen nun die letzten Meter Netz ein: Okun und Nkrumo. Tomba hatte sich nach achtern an die Ruderpinne begeben. Er verstand sich darauf und hielt sie fest gepackt. Um uns tobten Meer, Sturm und Wellen in unverminderter Heftigkeit. Die »Seeschlange« schien mir immer verzweifelter, immer kurzatmiger zu kämpfen. Manchmal übertönte ein entsetzliches Krachen der Spanten das Heulen des Sturmes. Nach jedem Aufsteigen schüttelte der Bootskörper heftig, Angstschauer durchfuhren uns.

Doch jetzt baute sich ein Brecher auf, so unheimlich, wie ich noch keinen erlebt hatte, und obwohl ich ihn nicht sah, grub er sich so nachhaltig in mein Gedächtnis, daß ich ihn niemals im Leben vergessen werde. Er kam querab, warf das Boot schwerelos in die Luft, wo wir eine Ewigkeit zwischen Himmel und Ozean hingen, ließ es los – vielmehr schmetterte es hinab. Wir sausten noch tiefer, und über uns ergoß sich die See, brodelnd und kochend, schlimmer als ein Wasserfall! Eine brüllende Wand aus weißer Gischt. Eine Kraft, die mich aus dem Boot werfen wollte. Ich klemmte mich der Länge nach unter die Bank, Arme und Beine um das Brett geschlungen. Keine Gewalt konnte mich lösen. Im Gegenteil, die Wassermassen preßten mich noch fester.

Inmitten des Getöses vernahm ich einen Schrei, einen Wahnsinnslaut, wie ein Todesschrei! Woher? Schoß es mir durch den Kopf. Bug? Heck? Ulomu? Tomba?

Sekunden hörte, sah, fühlte ich nichts mehr, mir war, als läge das Boot wie ein Wrack auf dem Grund des Meeres. Wasser schlug mir erstickend ins Gesicht. Das Boot bewegte sich noch, es schaukelte, schwamm, schien den nächsten Wellen zu trotzen! Ich tauchte auf. Stand im Wasser, im Wasser eines fast vollgelaufenen Bootes. Doch wir schwammen; unglaublich, aber wir schwammen!

War ich allein? Hoffnungslos allein in diesem verdammten Geisterschiff? Die Fischer von Geisterhand ins Meer
gewischt? Ich brüllte in die Nacht, schrie mir die Lunge
aus dem Leib – rief nach meinen Kameraden.
Geschrei, vor dem ich selbst erschrak. Noch manchmal
höre ich diese, meine Laute, so fremd, als stieße ein Tier
sie aus. Nein, ich war nicht allein! Meine Kameraden
hatten überlebt. Alle? Aus der Plicht, dort wo Tomba
zuvor die Fische hineinwarf, kroch Okun. Ich hastete,
tastete mich zu ihm, umarmte ihn als den einzigen über-
lebenden Menschen einer Katastrophe. Außenbords hingen Nkrumo und Ulomu, ihre Arme wie Enterhaken um
die Bordwand geklammert. Wir griffen ihre Körper und
zogen sie ins Boot.
Tomba! Oh Gott, wo war Tomba? Wir späten über die
See, sahen nichts, und doch spähten wir verzweifelt über
die See. Nur Wogen, mächtige schaumbedeckte Berge –
liefen hinter uns her, kamen bedrohlich näher.
Und wir riefen seinen Namen, wieder und wieder, bis
Heiserkeit unsere Stimmen lähmte. Keine Antwort. Nur
der Sturm antwortete – brüllend!
Der Regen ließ nach, auch Blitz und Donner beruhigten
sich. Zwar blies der Sturm noch wie ein Orkan, doch der
Himmel hatte nicht mehr die tintenhafte Schwärze. Ich
war ins Heck gestiegen, starrte über den aufgewühlten
Ozean und rief immer noch: »Tomba, Tomba« hinein.
Das Netz lag aufgeschossen und vertäut im Wasser des
Bootes. Tief geduckt, von innerem Grimm gepeinigt ver-
suchten die Fischer das Kanu leer zu schöpfen.
Und ich starrte tatenlos über den Ozean . . . Okun arbeitete sich zu mir nach hinten durch und legte seine Hand
auf meine Schulter: »Tomba ist wie ein Fischer gestor-
ben, Alubu. Der Wassergeist Dangbé (22) hat unseren

Bruder zu sich geholt. Du kannst ihm nicht mehr helfen
– nur noch dir und uns. Schöpfe Wasser, Alubu, sonst
sinken wir!«

Okun hatte recht, das war mir klar. Wer in diese See
stürzte, war verloren. Also kletterte ich zu den anderen,
um Wasser zu schöpfen und während ich das tat, glaubte
ich – nein ich war sicher: ich hatte einen Freund verloren.

Wir schöpften, stumm, von Pein erfüllt und ich hoffte,
daß Tomba sanft sterben konnte – so sanft, wie er selbst
war.

Zwischen tobenden Wolkenfahnen leuchteten schon vereinzelt Sterne, auch der Mond zeigte sich, zwar selten,
doch immerhin, manchmal war er da, wie eine eiskalte,
hämisch grinsende Fratze. Er hatte kein Erbarmen mit
uns. Wir schöpften; verbissen und still im anhaltenden
Wettlauf mit den Brechern, die uns ewig neues Wasser
schickten. Strömung und Sturm jagten das Boot nach
Osten, parallel zur Küste, die irgendwo vierzig, fünfzig
Meilen entfernt sein mochte. Wellen und Wogen spielten
mit uns. Tanzend, taumelnd, kreisend, trudelnd waren
wir grausamen Schlägen ausgeliefert. Um zu überleben
mußten wir schöpfen, nicht rudern, steuern oder segeln,
sondern schöpfen: motorisch, schnell, mit ganzer Kraft.
Mir schmerzten die Hände, die Handlinien spürte ich wie
glühende Drähte, meine Stirnwunde brannte. Der Körper, Arme, Beine, Rücken, Gesäß waren ein von Schmerzen geschundener Klumpen Fleisch.

Rund fünfzehn Stunden auf See hatten meine dünne
Schicht an Ausdauer durchgewetzt und Weichlichkeit
darunter bloßgelegt. Ich war hundemüde, wollte mit dem
Kopf vornüber ins Wasser fallen und schlafen.

Krämpfe im Bein und die schmerzenden Hände hielten mich davon ab. Auch die Unermüdlichkeit der Fischer zwang mich, weiter mitzumachen. Ich biß die Zähne zusammen und schöpfte, wie ein Mühlrad. Der Eimer war schwer wie ein Fels, aber ich konnte die Fischer nicht im Stich lassen. Nicht ein zweites Mal!

Allmählich, ohne rechte Vorstellung von Raum und Zeit, kurz bevor ich meinen endgültigen Zusammenbruch spürte, trat ein merkwürdiger Zustand ein: eine neue Dimension, ein zweites Stadium der Belastbarkeit – ich hatte meinen toten Punkt überschritten und die Zehn-Liter-Eimer wurden leichter. Ich war imstande, sie schneller über die Bordwand zu kippen. Zwar machten mich Schmerzen und Müdigkeit fast verrückt, doch ich konnte schöpfen, kraftvoll, wie ich meinte. Die Eimer flogen. Immer neue. Nicht einer, nein, zwei, drei, vier . . . zehn! Auf einmal drehte sich alles, stürzte in sich zusammen, grelle Farben zuckten . . . schwarz und weich und freundlich war alles . . . unendlich schön . . .

Als ich wieder zu mir kam, war es um mich herum grau. Die See ging noch schwer, doch bei weitem nicht mehr so gefährlich. Das Boot torkelte in einer Waschküche. Dichter Nebel trieb und dampfte um uns. Im Rumpf des Kanus knieten immer noch Okun und Ulomu, mit den Eimern in den Händen. In der »Seeschlange« schwappte nur noch eine flache Lache. Ich wollte mich umdrehen, Nkrumo suchen. Es ging nicht. Ich war gefesselt. Mit Rücken und Armen an ein Sitzbrett geschnürt.

»Eh Jungs, ich bin wieder in Ordnung, schnallt mich ab!« rief ich den Fischern zu. Sie schauten ernst auf. Dann lächelten sie mir beruhigend zu. Nkrumo stieg vom Heck und band mich von hinten los.

»Der Wassergott war sehr böse mit uns, Alubu, und damit er uns nicht holt, haben wir uns angebunden. Aber ich glaube, er wird sich mit uns wieder versöhnen.«

Jetzt sah ich, daß die Fischer ein Tau um die Hüften gewunden hatten, das sie mit der Bordwand verband. Mein Magen rebellierte und stülpte sich plötzlich um. Ich übergab mich zweimal, spülte den Mund mit Seewasser und fühlte mich anschließend besser. Nun knotete ich mir sicherheitshalber auch ein Seil um. Das Meer verhielt sich eigentümlich: zwischen zwei Meter hohen Wogen tummelten sich harte, kurze Wellen, in denen das Boot schlingerte, um ausgerechnet im ungünstigsten Moment an die Dünung zu geraten. Würde Nkrumo das Ruder nicht so hervorragend bedienen, es stände schlecht um uns!

Okun hatte sich an den Steven begeben, von wo er angestrengt in den Nebel schaute. War es Angst vor Ozeanriesen, die uns in dieser Suppe rammen könnten? Befanden wir uns in der Wasserstraße dicker Pötte? Zwei Mal war mir tatsächlich, als hörte ich von Steuerbord ein tiefes, dumpfes Nebelhorn.

Es gab Augenblicke, da war es unmöglich Okun zu sehen, so gewaltig peitschten die Schaumspritzer über den Bug.

Einige Stunden später schwand die Furcht vor großen Schiffen. Der Nebel hob sich, stieg höher und löste sich gänzlich auf. Dampfer waren keine in Sicht. Es wurde heller. Herrlich flutete es vom Himmel, alles sehnte sich danach. Mit dem Licht kam Farbe und Leben in den Tag. Selbst die Dünung wurde freundlich und der Sturm heiter. Für Minuten vergaß ich meine Schmerzen, schaute in den Himmel, wo die Sonne strahlte – wie eine Erlösung.

Dann waren sie wieder da, die Schrecken der Nacht – wie ein Alptraum, der den Magen zusammenkrampfte. Tomba! Warum durftest du dieses Licht nicht mehr erleben? Warum nur zürnte dir der Wassergeist? Oder liebte er dich und holte dich rasch zu sich?

Nkrumo befestigte das Ruder am Heck, um mit den anderen das Segel zu setzen. Erst wurde der Mast aus dem Bootskörper gezogen, aufgerichtet, vorn durch ein Loch der ersten Bank gesteckt und an seinem Fuß fest verkeilt. Schräg von der Bordwand stemmte Nkrumo den Klüverbaum, im spitzen Winkel zum Mast. Mit drei Sätzen war er wieder im Heck, drückte das Ruder gegen die Strömung und drehte den Einbaum mit dem Bug in den Wind. Okun und Ulomu setzten mit einem Ruck den Klüver und zurrten es mit dem Fall (23) an Bordwand und Baum fest. Das Manöver lief sauber ab. Wind fing sich im Tuch, die »Seeschlange« bäumte sich wie eine störrische Stute auf. Wir segelten mit raumem (24) Wind Nordwest, sechzig Grad zur Strömung. In starken Böen driftete der kiellose Einbaum merklich ab und Nkrumo stemmte sich mit Macht gegen die Pinne, um den Kurs zu halten.

Ich blickte am Segel hoch und genoß die morgendliche Brise, die Wellentäler und die Berge, das Stampfen des Bootes, das Knattern des Klüvers und das Ächzen und Zurren von Mast und Tauen. Selbst das Gleiten hatte etwas einmaliges! Segeln macht frei, dachte ich und es gab Kraft zu neuen Taten, zur neuen Fischjagd. Stolz standen Segel, Mast und Baum. Vom Himmel stach die Takelage ab, wie die einer Piratenschunke: unzählige Segeleinschüsse mit bunten Flicken besetzt.

Jeder von uns aß lustlos in seiner Ecke. Meine aufgeweichten Kekse schmeckten nicht, roher Fisch ekelte mich an. Ich war verzweifelt durstig und trank eine Dose Bier. Noch nicht unangenehm, aber merklich füllte sich meine Blase. Ich wußte von Erzählungen, daß das Leeren der Blase an Bord kleiner, tanzender Boote zur Qual werden konnte.

Über dem Meer sprangen wieder die Flugfische. Sie katapultierten sich aus einem Wellental und stürzten in das nächste. Der Atlantik hatte sich etwas beruhigt, die Wogen waren flacher und die Schaumköpfe weniger geworden. Wir kamen an eine Stelle, wo das Meer terrassenförmig abzufallen schien. Hellgrün oben, abgestuft nach unten dunkelblau. Phantastisch! Die »Seeschlange« ritt jede einzelne Treppe herunter, dabei entwickelte sie unglaubliche Fahrt und schöpfte Schwung für den nächsten Anstieg. Nkrumo stieß mich an und zeigte nach Süden. Dort sprangen Delphine. Ein Schauspiel, wie sie ihre spindelförmigen Körper aus dem Wasser schnellten, in Bögen von zehn und noch mehr Metern durch die Luft glitten – elegant wegtauchten. Ein Rudel. Mehrere Rudel! Gestaffelt, hintereinander tauchten sie auf – ihre schnabelartig verlängerten Kiefer halbgeöffnet, als ob sie lachten – stürzten Sekunden später in ihr Element zurück. Das Geschwader hielt auf uns zu. Schön und klug sind sie, dachte ich, diese silbernen Torpedos und ewig guter Laune.

Ich mochte sie, hatte oft über ihre Kunststücke gestaunt: wenn sie durch Reifen sprangen, Bälle balancierten, oder, und das war am Eindrucksvollsten, Kinder auf ihren Rücken ritten, schnell und schwerelos. In unmittelbarer Nähe ließen sie uns jetzt an ihren Darbietungen teilhaben. Und da . . . unglaublich, zwei der Gruppe schwammen vor den Bug des Einbaums, kaum einen halben Meter tief. Ich rutschte nach vorn und konnte sie herrlich

beobachten: ihre eleganten Flossenschläge, ihr faust-
großes Atemloch am Kopf. Nun rauschte es, dann
spritzte Wasser, verbrauchte Luft wurde ausgestoßen,
wobei die Delphine ihre Körper leicht aus dem Meer
hoben. Das Paar trennte sich, verschwand seitlich in der
Tiefe, während vom Kiel her wieder zwei Gesellen zum
Bug vorglitten.

Auch Nkrumo war von den Delphinen fasziniert. Sein
zerknittertes Gesicht beugte sich herab: »Der Wassergeist Onba lebt in den Delphins, sie sind die Lieblinge des
Wassergottes – niemals dürfen wir sie fangen!«

Das schienen die Fische zu wissen, denn sie begleiteten
uns sehr lange und ohne Scheu.

Okun und Ulomu machten sich in der Plicht zu schaffen.
Wasserschöpfen war nicht mehr lebenswichtig, wenn der
Boden nach mehreren Einbrüchen schwappte, kümmerte
ich mich darum. Meist hatte ich Zeit, den beiden Fischern
zuzusehen, wie sie in die kastenförmige Aussparung griffen. Dorthin, wo die fahlen, toten Fische lagen und die
halbtoten zuckten. Der Fang war schlecht. Kein Wunder
bei dem Unwetter, bei dem Einzerren des Netzes, dem
furchtbaren Seegang. Ein halb ausgewachsener Thunfisch, etwa dreißig Kilo schwer, war das größte Kaliber
der Beute. Auch ein kleiner Hai war dabei – ein gut ein
Meter langer Katzenhai. Er lebte noch und hatte sich im
Rücken einer Makrele festgebissen. In Gestalt und Aussehen ähnelte er seinem großen, gefährlichen Bruder, dem
Blau- oder Menschenhai: der dreieckige, über dem Maul
vorspringende Schädel, der gefürchtete Rachen: querge-
stellt die rasiermesserscharfen Zähne, in vielen Reihen
hintereinander aus dem Schlund wachsend. Dann die
Gestalt: keilförmig, wie aus dem Windkanal und diese

Augen: kalt, mordlustig mit grauer Iris, grün-blau
gerändert.

Okun hielt in der Rechten ein langes, blankes Messer,
stach die Klinge den toten Fischen in die Köpfe. Mit dem
linken Fuß drückte er die Fischleiber fest auf die Planken
und schlitzte sie auf – von den Kiemen bis zu den Harn-
blasen.

Gerade legte Okun das Messer aus der Hand und weidete
mit geübtem Griff eine Makrele aus. Ich sah wieder
Fischerhände, schwielig mit lederharter Haut überzogen.
Mußte instinktiv auf meine aufgeschnittenen, roten, viel
zu zarten Hände schauen. Ob sie jemals die Härte echter
Fischerhände bekommen könnten?

Kiemen wurden ausgerissen. Magen und Eingeweide hingen Okun von den Fingern. Zusammen mit dem Magen,
der glasig aussah, mit feinen, roten Äderchen durchzogen, flogen die Innereien mit Schwung über die Bootsseite
ins Wasser. Der ausgenommene Fisch wurde von Ulomu
in mehrere fünfzehn Zentimeter starke Tranchen
geschnitten. Jedes Mal, wenn sein gezahntes Messer an
die Wirbelsäule geriet, entstand ein knackendes
Geräusch. Ulomu kniete sich dann mit seinem ganzen
Gewicht auf den Fisch und sägte ihn regelrecht durch.
Die auf diese Weise erhaltenen Fischportionen tauchte er
in Salzwasser, ließ sie abtropfen und warf sie in einen
bauchigen Catcher, der neben dem Kasten für die gefan-
genen Fische hing.

Langsam, aber um so nachhaltiger, breitete sich ein
penetranter Fischgeruch aus, der mir würgend in Nase
und Kehle saß, und den selbst die frische Seeluft nicht zu
entfernen vermochte.

»Shawkes!« rief Ulomu in den Wind und über das Meer
legte sich gefährliche Spannung, wie immer, wenn die

dreieckige Rückenflosse des Menschenhais das Wasser durchschneidet und seine unheilvolle Anwesenheit verrät. Drei Räuber konnte ich sehen, die, von den Fischresten angelockt, lüstern unser Brot umkreisten. Recht bald schien ihr Interesse an uns geschwunden. Nach einigen zaghaften Attacken drehten sie bei und verschwanden.

Meine Fangleine war hinderlich. Kaum hatte ich mich ihrer entledigt und sie ordentlich aufgeschossen, passierte zu allem Überfluß noch etwas ausgesprochen Dummes. Es kam so schnell über mich, daß ich nicht kapierte, wie es überhaupt geschehen konnte: ich setzte mich um, mein Hinterteil hatte sich auf den groben Holzbänken durchgesessen, stand mit dem Rücken zum Bug, als plötzlich das Kanu hochstieß, verlor ich das Gleichgewicht und flog mit einem Rückwärtssalto ins Wasser. Es wurde dunkel um mich. Die Haie! – schoß es durch mein Hirn. War das der Moment, in dem Gott mir endgültig den Rücken kehrte – der letzte Akt einer Reihe von Unglücksfällen? In diesem bösartigen Dunkel mußt du jetzt bleiben. Eine Folterkammer und gleich werden die Räuber nach dir schnappen.

Ich verfluchte meine Kleidung – den Pullover, jedes Stückchen Stoff und die Schuhe, die sich bleischwer mit Wasser füllten. Aus Leibeskräften schwamm und ruderte ich . . . unendlich langsam kam der Auftrieb. Die Lungen stachen, als ich schließlich auftauchte.

Die Haie – wo steckten sie? Aus welcher Richtung gedachten sie mich zu attackieren? Sie mußten doch in der Nähe sein! Erreichte ich die »Seeschlange« bevor sie mich angriffen? Wo war das Boot bloß? Ich hatte Glück. Nkrumo riß den Kahn rechtzeitig herum, trieb querab auf mich zu. Außerdem fällte Okun den Klüverbaum, ließ das Segel schlappern und erwartete mich längsseits, den Baum in der Hand. Wenige Minuten später saß ich wieder im Boot, zitternd und ärgerlich über mein Mißgeschick. Den Pullover zog ich zum Trocknen in den Mast, dort flatterte er zum Zeichen meines perfekten Niedergangs.

Okun und Ulomu hatten alle Fische ausgeweidet und portioniert. Jetzt begann die Zeit des Segelns und Wartens. Vor dem Abend würden wir den neuen Fanggrund kaum erreicht haben. Ulomu fand sich mit der Situation gut ab. Als hätte er die Siesta sehnlich erwartet, schaffte er sich mit dem Netz eine bequeme Unterlage, schob sich den weitkrempigen Strohhut ins Gesicht und schlief ein. Okun rückte zu mir auf die Bank, blickte verträumt übers Meer und sang, erst zaghaft, dann laut und beschwörend. Hinter uns stand sicher wie ein zweiter Mast Nkrumo. Die See wühlte, das Sonnenlicht brach sich und quälte die Augen. Wie ein böser Spuk lastete die Erinnerung der vergangenen Nacht auf mir, und hinzu kam die Ungewißheit der folgenden.
Was mochte sie bringen? Worauf hatte ich mich um Himmelswillen eingelassen? War es die Unzufriedenheit mit meinem Alltagsleben? Langeweile? Innere Unruhe? Du hattest doch alles: Familie, Kind, Haus, Auto, gut bezahlten Job! Wenn du Abwechslung brauchtest, könntest du Clubheini spielen, jede Nacht auf 'ner anderen Party aufkreuzen. Solltest zufrieden sein, verdammt noch mal! Das war das Leben, das du als Mitteleuropäer zu führen hattest, erst recht in Afrika! Das verlangt man von dir, dazu warst du verpflichtet. Dir, deiner Familie und vor allem deiner Firma gegenüber. Unter dir litten

die Geschäftsinteressen, was sollten die Kunden von dir halten und die Gesellschafter? Ach so, du befandest dich auf Erholungsurlaub. Erholungsurlaub, mit Eingeborenen auf See, geradezu lachhaft! Sechs Wochen Kur in Baden-Baden, das wäre angebracht. Und dann dachte ich an den Montag, wenn ich ihn je erlebte. Ich würde meinen Dienst wieder aufnehmen und um acht Uhr dreißig aufstehen. Mich duschen, meiner Frau einen Morgenkuß, dem Sohn einen Klaps geben. Wir würden einen reichgedeckten Kaffeetisch vorfinden. Natürlich hätte der Steward an Drei-Minuten-Eier, Schinken, Säfte und andere Importartikel gedacht. Er wird: »Yes Master«, wieder ein wenig zu häufig sagen und uns ordentlich bedienen. Um neun Uhr dreißig stände der Fahrer bereit, riß mir die Tür auf – ab ginge die Fahrt. »Bank of North-East, James!« wäre meine Anweisung. »Yes Master.« James würde sich, wie jeden Morgen, in das Verkehrsgewühl werfen. Ich lehnte mich zurück, sähe nicht den Dreck, nicht die Menschen, die bettelnden und verkrüppelten, die sich im Stau auf den Wagen stürzten, hörte das irre Hupen nicht, vertiefte mich in meine rosarote Financial Times. Mußte informiert sein, mußte die standesgemäße, sterile Welt eines erfolgreichen Geschäftsmannes mimen. James führe bei der Bank vor. Noch ein Blick in den Spiegel, saß die Krawatte auch? Natürlich trüge ich eine, schließlich ist mein neuer Daimler klimatisiert – zwei Schritte ins ebenfalls wohl temperierte Bankgebäude müßte ich auf mich nehmen. Dann die Konferenz, die wichtigen Gesichter, das wichtige Getue. Aber schließlich ginge es um viel Geld. Die arrivierten Afrikaner können ausgesprochen geschäftstüchtig sein.
Und während ich über den Montag nachsann, meinen wunden Hintern spürte, merkte, wie mir unangenehm die

Blase vollief, die Hände kaum zu bewegen waren und sich das Ganze auf einem schaukelnden Einbaum mit schwarzen Fischern abspielte, mußte ich bei dem Gedanken an meine Mitarbeiter tatsächlich in mich hineingrinsen. Sicherlich würde meine Frau die Wehwehchen fürsorglich pflegen und die Kollegen mir ordentlich die Hand drücken:

»Tag, Herr Hansen, wieder fit? Sie sehen ja aus, als wären Sie der letzte Überlebende einer Expedition.«

Ha, ha, dächte ich, nicht der Letzte, aber einer davon, ihr lahmen Säcke. Und sagen:

»Meine Herren, nur ein dummes Mißgeschick.«

Und die Montagskonferenz würde ausgehen wie das Hornberger Schießen. Verbindliche Sprüche. Noch diese und jene Bilanz, den Cash Flow (25) noch etwas frisieren. Die Maschinen eine Idee überbewerten, den Auditor (26) mit einigen Scheinchen zu günstiger Bewertung ermuntern und schließlich an einem anderen Tag neues Zahlenmaterial aus prallgefüllten Diplomatenköfferchen präsentieren. Überzeugen, aufschneiden, bluffen, und zu guter Letzt den Kredit kassieren, damit der Laden brummt. Dafür wirst du schließlich bezahlt, Albert!

Mir wurde klar, Tomba, der tote Tomba hatte recht, als er in der Nacht vor dem Sturm sagte: »Du bist ein einsamer Mensch, Alubu, bleibe in Afrika, bei uns, unter den Fischern und du wirst gesund werden an deiner Seele.«

Tomba hatte gewußt, daß man sich entscheiden mußte. Irgendwann würden sich die Wege trennen und es gab nur das einfache, vielleicht glücklichere Leben, oder das andere, das sogenannte zivilisierte. Und ich trieb in diesem Boot dahin ohne ein wirkliches Ziel, ohne die Reise zu beeinflussen. Aber es war schön und ich genoß es, wie eine gefährliche Droge. Merkte, wie alltägliche Sorgen, unüberwindlich scheinende Probleme, das Sich-Selbst-So-Wichtig-Nehmen hier draußen in schlichter Zweisamkeit von Mensch und Natur zu lächerlicher Belanglosigkeit schmolzen. Es war richtig: den Launen der Natur ausgeliefert, lernte man die Dinge relativieren. Probleme von Pseudoproblemen trennen.

Okun machte eine Pause.

»Was singst du?« fragte ich.

»Das Lied vom Tod, Alubu. Ich will sie gütig stimmen: Dangbé, den Wassergeist des Todes, den Wassergott und Onba seinen Gefährten, damit Tomba in ihr Reich eingehe und einen schönen Tod haben möge.«

»Singe, Okun, Tomba hat einen schönen Tod verdient.«

»Das hat er, er war einer unserer tapfersten Brüder. Wir haben ihm oft Unrecht getan, weil er schön und doch mißraten war und so anders aussah wie wir.«

»Und er war stolz«, sagte ich.

»Stolz wie seine Mutter, und er war mutig, im Dorf und auf dem Meer.«

»Wer war seine Mutter?«

»Eine Tuareg-Frau (27) aus dem Norden«, er zog seine Mundwinkel verächtlich herab, »schön und stolz, aber schlecht und faul wie eine Buschhündin.«

»Schlecht und faul?« fragte ich.

»Sie wollte nie die Frau eines Fischers sein. Sie konnte die Fische nicht herrichten und nicht verkaufen. Ihr Herz hing nur an schönen Kleidern. Immer, auch wenn der Fang schlecht war und das Dorf hungerte. Oh, Alubu, sie war ein schlechtes Weib«, Okun sah zum Himmel und hob zur Bekräftigung eine Hand, »eines Tages dann lief sie aus Lawani fort.«

»Und wo ist sie jetzt? Was macht sie?«

»Sie ist in Lagos in einem Hotel. Sie gibt sich mit fremden Männern ab. Eine Schande für Lawani und für unseren Chief. Aber Laurensubu hat sie gerecht gestraft, er hat sie ausgestoßen.«

»Weil sie ein leichtes Mädchen geworden ist?« fragte ich verwundert, »ich kenne aus deinem Dorf andere Frauen und Mädchen, die für Geld mit Männern zusammen sind und nicht ausgestoßen wurden.«

»Es ist keine Schande für Geld mit anderen Männern auszugehen, Alubu, aber es ist eine Schande, das Geld für sich zu behalten, der Sippe nichts abzugeben!« Sein ärgerliches Gesicht drückte tiefe Empörung aus, »nein, Tombas Mutter gehört nicht mehr zu uns. Aber für ihn werde ich nicht aufhören zu singen.«

»Ich werde mit dir singen, Okun.«

Er hob seinen wolligen Schädel, drückte sich einen gelben Lappen ins Gesicht – den Helm hatte sich das Meer geholt – und sang weiter, in seiner Sprache, kehlig und rauh. Ich begleitete ihn mit einem englischen Lied, in einem anderen Rhythmus, in einer anderen Melodie. Egal. Mir war zum Singen, also sang ich: »Rolling home, oh rolling home . . .«, laut und häßlich. Und es machte Spaß, auf See laut und häßlich zu singen.

So segelten wir dahin, Stunde um Stunde, singend und dösend. Jeder mochte so seine Gedanken über die kommende Nacht haben. Meine standen fest: sie werden um den Seegang und um mein Hauptproblem kreisen. Das könnte zum Trauma werden. Vor einer Stunde versuchte ich es: stellte mich nach Lee. »Locker«, sagte ich mir, »sei ganz locker und entspannt, einfach mit weichen Knien der Dünung folgen.« Stattdessen keilte ich den rechten Fuß unter die Planken und stemmte das linke Bein gegen meinen Sitz. Ich war verkrampft – schließlich wollte ich nicht ein zweites Mal von Bord fallen – und preßte. Es klappte nicht. Eine halbe Stunde später das gleiche Drama. Wie wirst du nur die Nacht überstehen? Meine traurigen Versuche bekamen natürlich Okun und Nkrumo mit. Anfangs grinsten sie verstohlen. Die Burschen hatten gut lachen, Fischer kannten diese Probleme nicht. Dann tat es ihnen wohl leid: jedes Mal, wenn es nicht funktionierte, sagten sie:

»Sorry, Master – next time.«

Und während wir durch den Golf segelten, zog die Sonne ihre Bahn wie an jedem afrikanischen Tag, unschuldig und rein. Und deshalb war sie grausam. Nichts konnte ihr widerstehen, weder die aufgeblasenen Haufenwolken, die keck an ihr vorbeizogen, noch Nacht und Sturm, denn sie kam wieder und rächte sich mannigfach. Ich spürte ihre Rache: meine Lippen waren aufgesprungen, der Nasenrücken geplatzt, der Nacken brannte.

Okun kroch ins Vorschiff zur Takelage, löste den Klüverfall und korrigierte das Segel. Für Augenblicke knatterte das Tuch auf, dann stand es von neuem steif. Wir machten gute Fahrt, sicher sieben Knoten (28) und hielten Kurs Nordwest bei. Land war nicht in Sicht. Wenn ich nicht wüßte, daß der Wind landeinwärts blies, wäre meine Orientierung dahin. Bei wechselnden Winden wäre ich aufgeschmissen. Die Fischer brauchten kein Besteck, nicht einmal einen Kompaß; die Sklavenküste, die Bucht von Benin, den Golf von Guinea, den Atlantik im Knie von Westafrika kannten sie wie ihre Westentasche, bei Tag oder Nacht, bei Sonne oder Unwetter. Sie hatten die Orientierung von Zugvögeln oder Karawanenführern. Unerklärlich und doch vorhanden. Ulomu bewegte sich, er rollte sich auf die Seite und zog die Beine an. Sein schwerer Kopf war ihm nach hinten weggefallen.

Es wurde Nachmittag. Die Sonne sank und das Meer nahm den weichen Ton flüssigen Goldes an. Zu beiden Seiten der »Seeschlange« türmten sich Wolken auf und es schien, als trieben wir durch ein Gewölbe in eine riesige Wolkenbank, die uns für ewig verschlucken würde. Anders, und doch ähnlich wie am Vortag, regte sich der Wolkengeist . . . wenn die Sonne unterging, würde er aufs Wasser niedersteigen. Und das geschah rasch, unheimlich rasch! Sobald die Sonne verschwunden war, fiel die Nacht wie ein Vorhang.

In Afrika gibt es kein Zwielicht. Was bleibt ist ein schwacher Aufschrei der Kreatur, ein Protest – die Angst vor Nacht und Dunkelheit, vor Geistern und Dämonen, vor ruhelos wandernden Seelen böser Ahnen . . .

Die Dunkelheit war vollkommen. Finsternis hatte alles geteert und stemmte sich gegen jene Tür am Horizont, die eben noch Sonnenstrahlen durchließ. Wir holten das Segel ein und brachten das Boot in Fangposition für das Treibnetz. Dann folgte das mühsame Auswerfen. Mühsamer als je zuvor, weil das Netz ungeordnet im Kanu lag. Aber das machten Okun, Nkrumo und Ulomu unter sich aus. Ich kauerte halb liegend im Heck, dachte an meine Blase. – Aber mir war alles egal, also genehmigte ich mir eine Dose Bier gegen den Durst und aß weiche Kekse. Ein unangenehmes Gefühl von Selbstmitleid überfiel mich. Die leere Bierdose hob ich sorgfältig auf, stellte mich mal wieder ans Heck, locker, doch nicht locker genug und kroch unverrichteter Dinge, wie ein geschlagener Hund, zurück auf die Planken.

Eben wurde die Petroleumlampe über Bord geworfen. »Noch dreihundertfünfzig Meter«, dachte ich, »verdammt kalt ist diese Nacht!« Ich klapperte mit den Zähnen und zitterte wie Espenlaub. Wird die Nässe sein und die elende Müdigkeit und die Schmerzen!

Die Nacht war dunkel, ohne Mond, fast ohne Sterne – kalt, naß und trostlos. Als das Netz trieb, verkrochen sich die Fischer. Nkrumo wickelte sich in einen Plastiklappen und legte seinen Kopf so unglücklich vor meine Füße, daß ich sie nicht ausstrecken konnte, ohne ihm gegen den Schädel zu treten. Ulomu, der »Tagschläfer«, lag mittschiffs ausgestreckt und hatte Schöpfwache. Alle fünf Minuten ein Eimer. Denn es lief stetig nach: durch gelegentliche Brecher, die einschlugen oder durch Wasser, das zwischen morschen Spanten eindrang. Okun lag im Steven, bei seinen Fischen und rauchte eine Selbstgedrehte. Wußte der Teufel, wo er den trockenen Tabak her hatte. Gern hätte ich mir 'ne Zigarette von ihm geholt, neben ihm gesessen, geraucht und die trostlose Nacht durch Erzählen verkürzt. Doch ich war zu faul, über die schlafenden Leiber zu klettern und außerdem schien er nicht zum Erzählen aufgelegt. Das wußte ich, und ich wäre es auch nicht gewesen, wenn ich hätte schlafen können. Aber ich konnte nicht schlafen, deshalb überlegte ich mir, wie ich endlich ordentlich Wasserlassen könnte.

Es mußte irgendwie geschehen und zwar bald! Der kuriose Umstand nahm Ausmaße eines existentiellen Problems an.

Nach weiteren zwei Stunden wurde der Druck zur Tortur. Ein neuer Versuch: ich holte mir die leere Bierdose, entfernte durch stetiges Hin- und Herbiegen den Deckel, kniete im Boot und konzentrierte mich, schloß die Augen und stellte mir einen munter laufenden Wasserhahn vor . . . es ging! Die Methode brachte Linderung. Mein Gott, das war höchste Zeit! Und angesichts dieses menschlichen Bedürfnisses, das zur Quälerei ausartete, wurde mir erneut der ganze Unsinn dieser Fangfahrt bewußt: um alles in der Welt – warum war ich hier, was hatte ich hier zu schaffen?

Zum ersten Mal in den zwei Tagen verfluchte ich dabei zu sein. Der ganze Fischfang war mir verhaßt. Zum Teufel mit den Fischern, mit den Fischen, dem verdammten Atlantik, dem Mistboot. Ich hatte keine Lust mehr, die Nase gestrichen voll. Wenn es nur ginge, ich würde nach Hause fahren, auf dem schnellsten Weg, um das miese Abenteuer zu vergessen. Was man hier mit mir anstellte war zu viel, eine echte Erniedrigung! Zornig schleuderte ich die lauwarme Bierdose, brüllte hinterher: »Ich verachte dich Meer – hier nimm das, als Zeichen meiner Verachtung. Du hast mich erniedrigt und ich verachte dich.«

Doch das Meer ignorierte Ohnmacht und Verzweiflung, rauschte wie eh und je und schob seine Wasser zu schwerer Dünung gegen uns. Ich rutschte wieder ins Heck, hing dort auf harten Spanten, mehr sitzend als liegend und schaute übers Boot. Alles schlief, alles war wie tot, und ich hielt die Totenwache in dieser Nacht. Ich zählte die Wellen, die mich von hinten angriffen; schnell hatte ich heraus, daß jede sechste, manchmal jede siebte über das Heck klatschte und mir eiskalt über Nacken und Rücken lief. Ich konnte es nicht verhindern, mein Plastikfetzen war zu kurz, zu durchlöchert und es war auch egal, was man mit mir machte. Und jeder Schub kalter See ließ mich von Mal zu Mal eindringlicher fragen »mußtest du wirklich mitfahren? Warum?« Und die Wellen schlugen auf mich ein, hohl, wie auf eine Trommel.

Ich lag da, verkrampft, wach, begann meine Knochen einzeln zu fühlen. Ich wand mich hin und her, fand keine Ruhe. Dachte an Nächte, die ich in ähnlichen Situationen verbracht hatte: Nächte im Eis, in der Wüste, im Busch mit Skorpionen, Ameisen und Flöhen, im Urwald mit Angst, Geschrei, Schlangen und großen Tieren. Jede dieser Nächte für sich war schlimm, doch diese Nacht – und das kann man mir glauben – war die schlimmste überhaupt!

Jedes Mal, wie auch heute, schwor ich, es sei die letzte schlimme Nacht . . .

Ich starrte in diese schwarze Nacht, die wie ein Gorilla über mir hing. Der herbe Duft des Salzwassers nahm den Gestank tierischer Ausdünstungen an. Die schwarzbehaarten Arme des Gorillas breiteten sich aus, griffen nach mir, preßten die Seele aus meinem Körper. Und ich sah den Körper, meinen Körper? Ich wunderte mich, wie ein Körper da unten so ziellos treiben konnte, während die Seele frei schwebte. Doch die Wahrnehmungen waren andere. Was für eine düstere Seele hattest du, dachte ich, die so anders roch, hörte und sah? Meeresrauschen und das Blasen des Windes wurden in dieser verdammten Nacht zum Gebrüll von Löwen, zum diabolischen Gelächter der Hyänen. Aus dem schwarzen Nichts hörte ich das Hufedonnern wilder Büffelherden. Selbst das Plankton glitzerte nicht mehr wie ein Sternenteppich. Nein, da glotzten mich Augen böser Nattern an! Welch abscheuliche Zeit, in der deine Seele wandert, dachte ich. Welch abscheuliche Nacht, in der sich barbarische Laute zu tierischen Unwesen gesellten, in der alles, selbst das Nichts Gestalt annahm?

Was war los? Wo war ich? Entsetzt fuhr ich hoch, wischte mir über die Stirn. Ein feiner Nieselregen. Ich

war wach. Spielte mein Hirn nicht mehr mit? Drehte ich durch? Ich saß aufrecht im Boot. Friedlich schliefen die Fischer. Der Wind säuselte. Der Einbaum schaukelte. Halluzinationen? Allmählich beruhigte ich mich. Schloß die Augen, versuchte zu schlafen. Es gelang nicht. Empfand jäh eine Bewegung, eigentümlich lau und weich. Ich glaubte aus dem Boot getragen zu werden. Zum Greifen nah kamen große, weiße Schiffe mit hohen Aufbauten, die mich an einen Strand brachten, der unvorstellbar weiß und mit ranken Palmen bewachsen war. An eine der Palmen gelehnt, in buntem Kleid und roter Blüte im Haar, ein Mädchen. Schlank und schön. Sie lächelte. Doch ihr Ausdruck war sonderbar kühl. Wer war dieses Mädchen? Ich ging den Strand entlang und auf das Mädchen zu. Ganz nah zu ihr. Streichelte über ihre schöne Haut. Wer war sie? Ich kannte sie, aber ich wußte nicht, wer sie war. Ich neigte mich über sie und erkannte ihre schwarzen Augen. Wer war dieses Mädchen mit diesen mystischen Augen?
Ich zermarterte mein Gehirn, weil ich sie kannte und doch nicht wußte, wer sie war. Sie streckte die Arme aus und strich mein Haar, dabei fiel der einzige Träger ihres Kleides. Mit einer ruhigen, zufälligen Bewegung der linken Hand bedeckte sie ihre Brust. Ich berührte ihre Schulter, sie war braun und warm, wie Samt. Da huschte sie weg, entglitt mir wie ein scheues Reh.
Ich betrat den Hain, spürte, daß sie da war – ein süßer Duft umspielte mich. Ich sah sie. Rief ihr zu: »Bleib, bleib!« . . .
Sie trat heraus. Wir glitten in den warmen, weichen Sand. Ihre Augen waren geschlossen, sie lag ganz still. Ich zog sie an mich heran und da fühlte ich, wie uns die Sonne durchströmte . . .

Dann fühlte ich ungeheure Traurigkeit, die sich zu Entsetzen steigerte, als ich mich umdrehte und eine andere Frau erblickte, deren weiße Haut mich blendete, deren Gesicht hart, bar menschlicher Züge war. Ihre Augen erstachen mich. Wortlos schaute sie auf mich herab. Wer war diese weiße Frau? Und dort neben ihr, der weiße Junge, Verachtung im Gesicht, der seinen Finger mahnend erhob – zur Anklage? . . . gegen seinen Vater?

»Nein, nein! Verdammter Spuk!« schrie ich in die Nacht. Die Fischer, längst wach und im Bug, schauten erstaunt auf. Dann holten ihre zähen, schweigsamen Körper weiter das Netz ein. Anstrengung krümmte ihre Rücken, als lastete auf ihnen aller Menschen Mühsal, aller Menschen Bürde. Ich richtete mich auf, schälte mich aus der Fahne von Plastikfolie und stieg nach vorn. Schwer zerrten die Fischer am Netz. Ulomu schwang die Keule – die kapitalen Fische waren zäh, er mußte einige Male zuschlagen.

»Schau, Alubu, das Netz ist voll schöner, schwerer Fische. Wir haben einen guten Fang«, sagte Okun stolz. Der Fang war wirklich gut: schwere Makrelen, ausgewachsene Thunfische, stattliche Katzenhaie und viele andere Fische, die ich nicht kannte. Sogar die kleineren Bonitos und Snapper waren akzeptabel.

»Ich bin traurig«, sagte Nkrumo auf einmal, »wir haben so einen guten Fang und doch so viel verloren.«

»Du hast recht«, sagte ich. »Ein Menschenleben für einen guten Fang, das ist schlimm.«

»Vielleicht mußten wir Tomba opfern, für diesen Fang«, sagte Okun, »der Wassergott zürnte uns.«

»Ein Menschenopfer, Tomba, um den Wassergott zu versöhnen?« fragte ich verwirrt. Okun überhörte meine Frage.

»Doch jetzt hat er sich mit uns wieder versöhnt. Er hat uns ein Zeichen gesandt.«

»Ein Zeichen?«

»Im Netz war ein kleiner Delphin, als Zeichen seiner Versöhnung. Wir haben das Zeichen angenommen, und den Delphin zurück ins Wasser gesetzt.« Nach einer Weile sagte Okun: »Wir werden auch sicher durch die Brandung kommen, Alubu, glaube mir, wir werden durch die Brandung reiten, wie auf dem Rücken des Delphins. Unsere Brüder und Schwestern im Dorf werden traurig sein, aber sie werden unsere Fische bestaunen und unsere Frauen werden sie gut verkaufen können. Es sind die besten Fische. Oh ja, nach langer Zeit haben wir die besten Fische gefangen. Die werden uns satt machen und viel Geld bringen.«

In seiner Stimme lag Erregung. Ich verstand es – nach der glücklosen Nacht.

Noch einmal sprach Okun:

»Glaube mir, auch ich bin traurig, weil Tomba nicht mehr bei uns ist.« Es hörte sich an, als wollte er sich entschuldigen.

»Oft sprachen wir zusammen über einen großen Fang. Er hatte sich jedes Mal darauf gefreut. Und es ist sehr traurig, daß ich nie einen großen Fang mit ihm machen konnte.«

Die Fischer schwiegen und zogen gebückt den Rest des Netzes ein. Sogar im letzten Stück hingen noch eine Menge Fische. Die Kästen quollen fast über. Und als der allerletzte Fisch aus der See gezogen war, wurde es hell. Die Sonne ging auf: glühend wie Magma, unheimlich schnell schob sie sich über den Horizont. Ich liebte diese Sonnenaufgänge auf See. Licht verfing sich stärker und stärker im Dunst und zeugte einen strahlenden Lüster.

Angenehme Wärme flutete ein und fraß die klamme, gliederstarre Kälte.

Bei Sonnenaufgang hatten wir das Segel gesetzt. Der frische Morgenwind trieb uns rasch vorwärts, Kurs Nordwest. Dahin, wo die großen Schiffe, wo Lagos, wo hinter der Brandung Lawani, das Fischerdorf, lag.
Ich saß backbord, denn das Boot legte sich im Seitenwind weit über. Manchmal spülte an der Leeseite sogar Wasser über die Bordwand. Okun segelte den Einbaum unheimlich hart am Wind. Der Kahn knirschte und knackte in den Spanten, seine Wrangen wimmerten und quietschten.
Ich war kaputt, müde – schlecht war mir außerdem: mußte mich wieder übergeben, gleich mehrere Male. Es kam nur Galle: gelben Schleim spukte ich aus. Mir schossen Tränen in die Augen. »Wir müssen uns beeilen. Wir sind heute Nacht weit nach Osten getrieben«, rief Okun mir zu, als wollte er sein scharfes Segeln erklären. Unser Kapitän war mit seiner Segelkunst noch nicht am Ende. Er ging noch härter ran und trieb uns auf den äußeren Rand der Bordwand. Nkrumo stand wie ein Reiher auf einem Bein im Heck und hielt die Ruderpinne. Ulomu und ich hatten ein Seil um Rücken und Sitzbohle geschlagen und hingen außenbords, wie im Trapez. Und Okun stand am Klüverbaum und trimmte das Segel. Wir fegten über die kurzen und langen Wellen wie eine Rennjacht. Wenn nur die grauenhaften Geräusche nicht gewesen wären, die mir glauben machten, jeden Moment bräche die »Seeschlange« nebst Mast und Baum in Tausend Stücke.
Hoffentlich ging es gut!
Hoffentlich kannte Okun seine Grenzen!

Die Heimkehr

Der Kahn hielt. Ich staunte über die Eigenschaften eines Einbaums, der sich ohne Kiel, ohne Schwert – ohne jegliche Stabilität – so ausgezeichnet hielt. Zusehens wuchs mein Vertrauen. Und die Sache fing an, Spaß zu machen.

Die ersten Schiffe tauchten auf, und im Norden war seit einiger Zeit Land in Sicht.

Dann drehte der Wind und flaute merklich ab. Wir verloren Fahrt. Okun betrachtete besorgt sein Segel. Es stand zwar noch, doch der Druck war weg.

»Wir müssen vor Mittag die Brandung nehmen, sonst ist sie zu gefährlich.«

»Das wäre in drei Stunden«, antwortete ich.

»Verdammt knapp!«

Er stellte das Segel fest und kletterte an die Seite des Außenbordmotors, nahm die Schutzhaube ab, betätigte einige Tupfer, stellte Schrauben ein und zerrte am Anlasserseil.

Die »Seeschlange« hatte sich mittlerweile aufgerichtet. Okun riß am Seil des Johnsenmotors – nun schon zum x-ten Mal. Das Ding sprang nicht an.

»Die Zündkerzen«, sagte ich, »sicher sind sie naß geworden.«

»Unwahrscheinlich.«

Doch er baute sie aus, rieb daran herum, setzte sie wieder ein, schraubte sie fest. . . . Schließlich zerriß er das Seil,

der Motor sprang nicht an. Das Seil wurde geknotet –
wieder und wieder daran gezerrt, bis er sich blutige
Fingerknöchel vom Zurückzurren holte. Ich wurde vom
Zusehen nervös. Okun war die Ruhe selbst. Er zerrte und
zerrte. Als das Seil das dritte . . . und vierte Mal riß, legte
er es zur Seite, griff in den blauen Seesack und zog ein
anderes hervor. Er wickelte es um die Schwungscheibe.
Dabei sah er mich an: »Wir haben wenig Zeit, Alubu, die
Brandung wartet nicht.«
»Ich weiß, Okun.«
Der Motor schwieg. Der Fischer stemmte seinen linken
Fuß auf den Zylinderkopf, um kraftvoller anreißen zu
können, . . . oft und immer wieder – vergebens. Okun
gab auf. Er kletterte zurück zum Segel und versuchte hier
das Äußerste herauszuholen.
Nun machte ich mich am Motor zu schaffen. Mit flatte-
rigen Händen, von innerer Unruhe gedrängt. Ich schaute
auf meine Uhr, wenn sie noch richtig ging: zwei Stunden
bis Mittag. Backbords der »Seeschlange« lagen die Dampfer auf Reede, doch bis Lawani war es noch weit. Im
Dunst meinte ich zwar die ersten Hütten erkennen zu
können. Auf jeden Fall war es noch sehr weit! Zu weit, um
die Brandung zu nehmen? Forderte sie uns zu einem
Wettlauf heraus? Zu einem Wettlauf, der uns die letzte
Kraft nahm und den wir am Ende doch verlieren
würden?
Dem Motor rückte ich mit allem verfügbaren Gerät zu
Leibe: Zangen, Schraubenschlüssel und was sonst noch
im Seesack zu finden war. Ich ließ selbst den Vergaser
nicht ununtersucht. Dabei fielen mir eine Schraube und
ein Schlüssel in die See.
Zu guter Letzt wickelte ich das Seil auf, betätigte kurz
den Schwimmer und riß es mit dem Aufgebot aller Kraft

– ein kurzes Tuckern, dann starb der Motor ab. Die Fischer horchten auf. Dieses Tuckern, dieses zaghafte Lebenszeichen eines tot geglaubten Motors gab Hoffnung.

»Noch mal, Alubu – du schaffst es!« rief Nkrumo begeistert. Und das Seil wurde abermals aufgewickelt, – mit einem Ruck, den einzigen, den ich noch bereit war zu geben, langgezogen. Der Motor sprang an, ich drehte am Gas – er röhrte und schob den Kahn voran.

»Bravo«, brüllten die Fischer, »Alubu ist der Motormann!«

Fast unverständlich, durch den Wind an mein Ohr getragen, hörte ich Okun:

»Alubu ist der Freund des Motorgeistes.«

Wind- und Motorkraft trieben das Boot zügig voran. Wir machten flotte Fahrt. Ich blieb am Außenborder sitzen, drehte das Gas mächtig auf. Die Küste und immer neue Schiffe rückten näher. In einer Stunde würden wir vor der Brandung stehen, das reichte. Wir werden es schaffen!

Nach dreißig Minuten stotterte der Motor, verschluckte sich und stand. Aus! So sehr ich mich bemühte, ich konnte ihn nicht mehr anwerfen. Leider nicht, denn die Brise war schwach und die Zeit drängte.

»Wir müssen paddeln«, sagte Okun, »unsere einzige Chance!«

Und dann paddelten wir. Auch ich hatte mir einen nassen Lappen um die Hände gewickelt und paddelte. Jeder Paddelschlag war wie Greifen in glühende Kohlen. Aber ich zog durch, stetig und kraftvoll.

Nkrumo war von seinem »Thron« gestiegen, hatte das Ruder festgestellt – paddelte auch. Vier Galeerensklaven mit krumm-geschundenen Rücken, zwischen ihnen der imaginäre Schlagmann, den Takt schmetternd, kehrten heim, von einem Kampf mit dem Meer. Dazu klagte der Wind und seltsame Traurigkeit, gemischt mit Verzweiflung umgab die Szene. Heimkehrende Fischer und Jäger begleitet immer ein Hauch von Schmerz und Traurigkeit! Es mag an ihrer Mission liegen, am Töten!

Wir paddelten eine Stunde. Dann standen wir vor der Brandung. Ich hörte das drohende Rauschen, sah die Front hoher, weißer Brecher, dann den Strand, der sich mit vielen Punkten füllte, dahinter das Dorf, die Stroh- und Wellblechhütten von Lawani. Und die zahllosen Fischerkanus, hoch auf den Strand gezogen. An ihren Bordwänden schienen die Glückssymbole, wie in Leuchtschrift angebracht.

Wir waren weit und breit das einzige Boot in der Bucht. Spät hatten wir die Brandung erreicht, denn die Brecher waren größer als normal. Okun ließ den Treibanker auswerfen. Das bedeutete Vorbereitung zum Anlanden. Der Fischer sprach nicht mit uns, er handelte, ließ handeln, suchte das lautlose Zwiegespräch mit dem Meer. Wollte mit ihm eins werden, um zu ergründen, was es vor hatte, wie es uns angreifen würde. Er verharrte nachdenklich – wie im Gebet vor der letzten Auseinandersetzung mit dem Meer. War es das Anrufen des großen Wassergottes? Das Erflehen von Hilfe und Beistand? Angesichts dieses demütigen Mannes verspürte ich den tiefen Wunsch, die Landung möge gelingen. Die Wogen mögen unser Boot sanft an den Strand geleiten. Und in diesem schaukelnden Kahn vor der Brandung wollte ich meinen Gott anrufen, damit er uns helfe. Doch wie? Hatte ich doch viele Jahre nicht gebetet: Lieber Gott, beruhige die See und laß die Fischer ihre Ernte heimbringen!

Okun, am anderen Ende des Kanus, entspannte sich, er stand gelassen auf und traf weitere Vorkehrungen.

Wir zogen uns aus, stopften die Kleidung in den blauen Seesack, hängten den Außenborder von der Verankerung, wickelten das Segel um den Mast, holten diesen und den Baum ein, schlugen alles sorgfältig fest: Fischboxen, Seesäcke, Mast, Baum, Töpfe, Eimer, alles, bis auf die Paddel, die griffbereit blieben.

Die Fischer stärkten sich nun mit einigen Streifen rohen Fisches und einem Stückchen Colanuß zum Aufputschen.

Da trafen die »Lotsen« ein. Sechs junge Burschen waren es wieder. Mit schnellen Kraulstößen schwammen sie heran. Speeren gleich hielten sie ihre bunten, gezackten Paddel. Sie lachten, leicht außer Atem, stolz und erleichtert waren sie jedes Mal, wenn sie die Brecher sicher genommen hatten. Geschmeidig zogen sie ihre schwarzen, athletischen Körper über die Bordwand: alle gleichzeitig, wie eine Invasion, als wollten sie uns von Backbord und Steuerbord her kapern. Ich sah ihr Lachen sterben, unbarmherzig hart wurden ihre Gesichter, als sie erfuhren, was mit Tomba geschehen war.

Okun teilte uns ein: ich saß vorn auf der Plicht, wie eine Galionsfigur, Nkrumo links hinter mir, um das Handgelenk hatte er sich den langen Haltetampen geschlungen. Er würde als erster von Bord springen, die Dorfbewohner und eine Traube von Menschen würde die »Seeschlange« auf den Strand ziehen. Dem Steuermann folgten Ulomu und gleichmäßig verteilt die anderen. Meine Erregung wuchs. Mir zitterten die Knie. Gefährlich brüllte die Brandung. Trotz Anker waren wir näher und näher an sie herangetrieben. Am Strand hatten sich die Bewohner Lawanis eingefunden. Jeder würde in Gedanken bei uns sein. Okun zog den Anker an Bord, sprang aufs Heck. Dieses Landemanöver steuerte er selbst. Wir sammelten uns: die Paddel über die Knie gelegt, den Kopf gesenkt, wie zum Gebet. Okun zählte. Von hinten rauschte die erste, harmlose Brandungswoge heran. Sie griff uns, hob uns, trug uns in das eigentliche Gebrodel von Wasser, Gischt, Schaum und Brechern. Vom Heck schallte das Kommando, der Wind riß es Okun von den Lippen: »Hah . . . hoh!«

Zehn Paddel stachen wie eines zu. Das Boot lag gut: neunzig Grad zur Brandung. Hah . . . hoh! Muskeln glänzten im Licht. Köpfe tief geduckt, Hälse lang gestreckt – nur die Arme zuckten vor und zurück. Hah . . . hoh! Ich schaute nach achtern, ein kurzer Blick genügte. Es krampfte sich in mir zusammen: unten die Fischer, paddelnd, schlagend, kämpfend – dahinter, darüber, drei Meter hoch, ein Katarakt, ein Ungeheuer aus weiß-grüner Gischt, herangaloppierend, sich überschlagend. Das Boot schoß dahin im unheimlichen Sog. Dann geschah es in Bruchteilen von Sekunden:
Tonnen wilden Wassers brachen, donnerten auf das Heck. Für einen Moment sah der Einbaum merkwürdig halb aus, als habe ihn ein Fallbeil gekappt. Schon sackte mir der Magen in den Schoß, ich stieg in die Luft. Wunderte mich, staunte über meine Höhe. Eine Turmspitze. Ja, ich glaubte auf einer Turmspitze zu sitzen. Und der Gedanke, wie wirst du wieder herunterkommen wurde zerschlagen: die Spitze brach ab. Vorbei. Ich stürzte – tief in dunkles Wasser. Um mich herum gurgelte und sprudelte es – ich wurde nicht gewirbelt, nicht getreten und gestoßen, der Brecher hatte sich totgelaufen. Ich tauchte auf, gelangte nach einigen Zügen in

seichtes Wasser und watete an den Strand. Schlapp und
müde schaute ich mich um.

Kinder, eine Armee von Kindern rief und winkte mir
zu:

»Oyibo, Oyibo (weißer Mann)!«

Welch begeistertes Rufen, dachte ich, wie zu einem tri-
umphalen Empfang!

Ich winkte zurück, zaghaft nur, denn mir kamen Zweifel: war es nicht viel eher Hohn- und Spottgeschrei? Wir
hatten einen Kampf gekämpft und verloren. Was sollte
da Siegesgeheul?

Ich rannte – wollte rennen – hinüber zu den Menschen
am Tau. In Wirklichkeit war es ein Torkeln und Schwan-
ken. Verwirrend, plötzlich festen Boden unter den Füßen
zu haben. Ich mußte mich beherrschen, um nicht lang
hinzuschlagen.

Dann erreichte ich die Menschen, und der weiße Sand
schmerzte in den Augen und was ich sah, die Fischer, die
das Tau hielten, schmerzte mein Herz noch mehr. Es war
das Bild einer Prozession, eines unendlichen Jammers:
Nkrumo vorn am Tau, er stand wie ein Fels, doch seine
Arme hingen schlaff herunter und in den Armen das Tau,
ohne Spannung. Hinter ihm viele, viele Fischer mit ihren
harten, abgezehrten Körpern, auch Laurensubu, Bunbali, alle hatten das Tau schlaff im Arm – sie standen da
und waren doch nutzlos. Es war ein ratloses Dastehen der
Männer, den Blick auf den Strand gerichtet, dahin, wo
die Wellen leicht ausliefen, dort, wo der Tampen begann
und an diesem Tampen hing ein Stück Schiff. Es war
weniger als ein Stück Schiff, nur der Bug, der stolze Bug
der »Seeschlange«, auf dem ich gesessen hatte und hoch
über dem Meer dahinritt. Und weiter draußen, mitten im

Toben wüster Brecher, die Reste des Einbaums. Wir sahen, wie sie geschlagen, geschunden und gepeinigt wurde. Wie die See sie überrannte und zerschmetterte. Wir waren Zeugen eines makabren Spiels, welches das Meer trieb. Wir hörten und sahen die Spanten splittern, den Rumpf bersten.

Am Strand trieben die ersten Gegenstände an: gebrochene Bohlen, Eimer, Seesäcke, tote Fische. Die Fische! Der Fang! Zwei Tage qualvolle Arbeit – umsonst. Okun hatte sich abgesondert, er stand am Wasser, ergriff ein angetriebenes Brett und drückte es gegen die Stirn. Er sackte in sich zusammen und preßte das Brett ins Gesicht. Er war sehr allein. Und da draußen trieb alles, was er besaß: sein Besitz, seine Existenz, seine Hoffnung ...

Er ließ das Brett fallen, drehte sich um und kam den Strand herauf. Ich ging zu ihm, wandelte wie im Traum, legte meinen Arm um seine Schulter und zusammen gingen wir dem Dorf zu – tief gebeugt als Verlierer.

Und im Dorf hob Geschrei und Wehklagen an. Alle Frauen und Mädchen begannen gemeinsam zu weinen: ein Chor tränenlosen, leidenschaftlichen Geheuls. Sie trommelten ihre geballten Hände gegen die Schläfen, bewegten die Oberkörper auf und ab und starrten vor sich auf den Boden. Inbrünstig ausgeführte Bewegungen ließen ihre Körper erzittern. Vor jeder Hütte klagten die Weiber. Mehr und mehr Stimmen fielen ein. Und das Lied wurde von noch schaurigerem Tam-Tam der Trommeln untermalt.

Als wir das Dorf erreichten, an den ersten klapprigen Hütten vorüberzogen, angegafft wurden von gräßlichen

Fischkopfmasken, irren Fetischen, die über den Eingängen hingen, war mir klar: heute war einer jener bösartigen Tage Afrikas, in denen das Leid dieses Erdteils seinen Höhepunkt erreicht. In Lawani schien es, als spränge mich nur das Häßliche an: Dreck, Mißbildung, Verfall. Fäulnis an den Wänden, von Termiten zerfressenes Gestühl, abgerissene, von Gestank durchtränkte Kleidung.

Die Sonne verfinsterte sich und jegliches Licht verließ den Ort. Im Gefolge klagender Körper riefen hohläugige und von Schlafkrankheit aufgetriebene Kinder grell und schrill, wie unten am Strand: »Oyibo, Oyibo!«
Mein Gott, welch entsetzliches Geschrei. Ich wollte mir die Ohren zuhalten, um ihm zu entgehen, doch es drang schmerzend hindurch, bis ins Gehirn.

Wir schritten weiter, uns gegenseitig stützend und aus den dunklen, muffigen Räumen endloser Hüttenreihen traten Kinder. Mädchen, Frauen, alle unsagbar häßlich: warzenübersät, dreckverkrustet.
»Oyibo, Oyibo!«
Der weiße Mann, der böse Geister ins Dorf brachte? Der Lawani, den glücklosen Fischerort, verhexte? Dem der Wassergott zürnte und am First vom Hause des Medizinmannes grinste hämisch Dangbé, ein Abbild der Pythonschlange.

Nicht enden wollend erschien der Pfad bis zur Hütte Okuns. Er führte über eine Menge liegender Leiber. Schlafende Fischer? Oder tote Fischer, die das Meer anspülte? Noch mehr Ankläger säumten uns, stellten sich in den Weg, drangen aus verpesteten Höhlen. Humpelnd, röchelnd, eitrig, ein einzigartiges Spektrum menschlicher Qualen . . .

Erschöpft ließ ich mich auf einen Stuhl fallen, der mir eilig zugeschoben wurde. Okuns Hütte war klein und karg, aber sauber. Ich wunderte mich, war erstaunt, den Raum, die Behausung, vorzufinden, wie sie mir bekannt war. Wo war der Ekel, das Grausen von eben?

Okuns Frau, äußerst gefaßt, packte zu, anstatt wehklagend herumzurennen.

»Wasser, bitte etwas Wasser«, flüsterte ich.

Ich fühlte kalten Schweiß auf der Stirn und der Kopf schlug zum Zerspringen. Gierig trank ich das kühle, klare Naß.

»Hier, Master Hansen, trink dies! Es ist der letzte Schluck.« Okuns Frau hielt mir eine Flasche echten Whiskys hin. Ich konnte nicht widerstehen. Der Schnaps lief belebend in den Magen. Ich war zerschlagen und müde, doch nach der Stärkung ging es mir besser. Man reichte mir Fisch, er war roh, trotzdem schmeckte er gut und kräftig.

»Du mußt jetzt schlafen, Master Hansen«, riet mir die Frau.

»Ich darf nicht schlafen, ich muß nach Hause, nach Lagos!«

Damit stand ich unsicher auf und ging hinaus zum »Badehaus«: eine zweimal zwei Meter, mit Wellblech umzäunte Kabine. Kinder brachten mir einen Eimer Süßwasser, Seife, Handtuch, Hemd, Hose und Schuhe. Im »Badehaus« lag ein Stück Spiegel. Ich schaute hinein, ein Gespenst glotzte mich verschwommen an: von der Sonne verbrannt, mit rotumränderten, hohlen Augen, wirren, fahlen Haaren, einer dunkelbraunen, borkigen Stelle an der Stirn, einer aufgeplatzten Nase und ebensolchen häßlichen Lippen, die aus grauen Bartstoppeln herausragten. Die Kinder blieben – guckten neugierig. Ein Junge wollte mir die Beine waschen. Wie ein Schatten huschte Maluna ins Badehaus. Die Kinder verschwanden. Maluna! Sie lächelte scheu, als ob sie über ihren Mut selbst überrascht sei. Ich merkte, ihr Lächeln war hauchdünn, fühlte ihre Erregung, die Trauer, den Schrecken. Sie war nah bei mir und schluchzte nun leise, ihr Weinen war kaum wahrnehmbar. Ihre Tränen tropften auf meine Schulter. Sie sagte nichts, doch wußte ich, sie weinte um Tomba, ihren toten Bruder. Sie nahm den Kopf hoch, trocknete ihre Tränen und das dünne Lächeln kehrte in ihr Gesicht zurück.

»Alubu, aber du lebst!«

»Ja, Maluna«, antwortete ich, »ich habe an dich gedacht – auf See, mir vorgestellt, wie es sein mag, wenn ich dich wiedersehe.«

»Das ist schön, Alubu – wunderschön.«

Maluna bückte sich, hob die Seife auf, rieb sie zwischen ihren Händen in klarem Wasser zu hellem Schaum, dann wusch sie mich.

Ich zog die Sachen der Fischer an und ging mit ihr hinaus. Barfuß, denn der Sand war weich und warm. Die Schuhe hielt ich in der linken Hand. Mit der rechten faßte ich ihre Hand. Das Dorf machte den vertrauten, beruhigenden Eindruck. Es war nicht so fröhlich wie sonst, die Kinder lachten nicht. Männer und Frauen blieben nicht stehen, um freundliche, belanglose Worte zu wechseln, auch hörte ich noch langes Schluchzen der Klageweiber – dennoch, Lawani war wieder der stille, friedliche Ort zwischen Lagune und Atlantik, eingerahmt von hohen, windzerzausten Kokuspalmen. Ein armer, aber sehr schöner, ein leidgeprüfter und doch hoffnungsvoller Ort.

Und wir schlenderten hinunter zum Strand, wo der Wind in unseren Haaren spielte und einige Fischer im Sand lagen und träumten – den uralten Traum, den sie hier vor dem Dorf, mit dem Blick auf große weiße Schiffe, immer träumten. Oder sie schliefen ganz einfach, um stark zu sein für ihre Fangfahrt. Wir gingen den Strand entlang, unten, wo die Wellen ausliefen und der Sand kühl und fest war.

»Du hast eine schöne Blüte im Haar, Maluna«, bemerkte ich.

»Es ist die Blüte des Hibiskus, Alubu, die Blüte der Liebe.«

»Die Blüte der Liebe? Du trägst sie immer noch?«

Sie schaute an mir vorbei aufs Meer, sie war weit weg, irgendwo da draußen mit ihren Gedanken.

»Sag, Alubu, war es eine schlimme Nacht?«

»Es war eine sehr schlimme Nacht!«

»Wie ist es passiert?«

»Ich kann dir nicht erzählen, wie es passiert ist. Dangbé hat ihn plötzlich zu sich geholt. Ganz plötzlich mit entsetzlicher Kraft.«

»Nenne nicht unsere Geister, Alubu!« Sie legte behutsam ihre Finger auf meine Lippen. »Sonst wird Tomba keine Ruhe finden, sondern aus dem Meer steigen und im Dorfe umherirren. Ewig und ruhelos umherirren und dem Dorf und uns Unglück bringen.«

»Wenn er an Land gespült wird?« fragte ich.

»Daß wäre schrecklich. Kein Fischer darf an den Strand gespült werden . . .« Sie hielt inne und sah mich prüfend an, zweifelnd, ob sie mir ein Geheimnis anvertrauen konnte:

»Schau, Alubu, es ist so: der Wassergeist nimmt den Fischer, den er liebt, zu sich und schickt seine gute Seele ins Dorf zurück. Wen der Wassergeist aber nicht liebt, den wirft er an den Strand, und aus dem toten Körper wandert eine verbannte, böse Seele ins Dorf, verhext die Sippe und stiftet Unheil.«

Maluna starrte erneut über die Bucht, ihre Augen waren angstvoll geweitet, als spräche der Wassergeist zu ihr.

»Das ist wahr«, murmelte sie, »es wäre schrecklich, wenn Tomba wiederkäme!«

»Er wird nicht wiederkommen, weil der Wassergeist ihn liebt. Und wenn er wiederkommt, wird mein Gott verhindern, daß er Unheil über Lawani bringt.«

»Jesus ist ein großer Zauberer und ein guter Geist. Aber er hat nicht die Macht Dangbés!« seufzte Maluna.

. . . und das Meer gebärdete sich mit wachsender Unruhe, als wollte es etwas loswerden, eine ungeliebte Seele oder etwas ähnliches, doch das warme Licht des Nachmittages hatte Versöhnliches und auch Maluna beruhigte sich und glaubte, daß ihr Bruder vom Wassergeist geliebt wurde.

»Horch«, flüsterte sie, »der Wassergeist raunt.«

Wir gingen weiter, mit unseren Gedanken beschäftigt.

Und auf einmal fragte das Mädchen sanft, wie nebenbei:

»Liebst du mich, Alubu?«

Ich blieb stehen und schaute sie fest an:

»Ich habe dich gern.«

Sie drückte meine Hand stärker und flüsterte leidenschaftlich: »Nimm mich mit in die Stadt. Bitte nimm mich mit!«

»Das geht nicht, Maluna.«

»Aber warum nicht?«

»Es gibt tausend Gründe dafür.«

»Du hast mich doch gern!«

»Das ist nicht genug, um zusammen in die Stadt zu gehen.«

»Nimm mich mit. Ich will mit dir geh'n. Ich kann bei den Fischern nicht mehr leben. Ich will ein neues Leben beginnen, wie meine Mutter.«

»Sie führt kein schönes Leben, wird unglücklich sein und einsam. Ja, sehr einsam sogar, denn das Dorf hat sie ausgestoßen. Ich glaube, es ist schlimm, aus seinem Dorf ausgestoßen zu sein.«

»Ja, das ist sehr schlimm«, stimmte sie zu. »Wenn du mich mitnimmst, werde ich nicht ausgestoßen werden. Ich werde immer zurückkehren dürfen.«

Ich ließ meine Schuhe in den Sand fallen und faßte sie an beiden Schultern. Ja, ich rüttelte sie sogar:

»Maluna, höre mir zu! Nie solltest du mit einem Weißen mitgehen, hörst du, nie! Auch nicht, wenn du ihn liebst!«

»Und wenn der Weiße mich liebt?« sagte sie verstört.

»Auch dann nicht!«

»Warum nicht?« fragte sie traurig, hob den Kopf und blickte mich mit feuchten Augen an.

»Weil du unglücklich wirst. Weil die Welt schlecht ist. Weil . . . ich weiß nicht, Maluna, es gibt so viele Gründe – du kannst sie nicht verstehen. Du weißt nicht, wie grausam die Menschen sein können, die Weißen und die Schwarzen! Die Städte sind wie herzlose, tote Betongräber, mit ihren kalten, nackten Wänden, an denen du nur klagen und jammern kannst – ohne gehört zu werden. Nein, Liebes«, ich zeigte in Richtung Lagos, »da drüben macht die Gier nach Geld, Wohlstand, die Sucht nach Vergnügen, macht das Laster jeden kaputt!«

»Nein, das verstehe ich nicht!« sagte Maluna, und sie war betrübt.

Ihre Augen glühten. Sie lehnte sich an mich, ihr Körper war von zerbrechlicher Grazie.

»Wir müssen uns trennen«, sagte ich.

»Wirst du wiederkommen, Alubu?«

»Sicher, gewiß«, flüsterte ich.

»Wirst du an mich denken?«

»Ich werde dich nie vergessen.«

»Ach, Alubu, es ist alles so traurig. Du wirst nicht wieder kommen und du wirst mich vergessen. Ich fühle es. Niemals mehr wirst du mich sehen und berühren!«

»Doch, doch Maluna, bald, vielleicht schon sehr bald.«

Sie befreite sich, drehte sich um, ging am Strand zurück. Ich schaute ihr nach, ihrer schönen Gestalt, dem leichten Gang. Sie entfernte sich, ohne sich umzusehen, ohne Gruß.

Und als sie weit weg hinauf zum Dorf ging, winkte ich, und in ihren Augen meinte ich Tränen zu entdecken.

»Wiedersehen, Maluna!« rief ich betroffen.

Doch es kam keine Antwort.

Der Tote

Traurigkeit lag über dem Strand und dem Meer, als ich mich umdrehte und langsamen Schrittes in Richtung Lagos nach Hause ging. Der Weg war weit. Meine Beine schmerzten und jeder Schritt kostete Überwindung. Schlafen, schlafen, dachte ich, hier im weichen, warmen Sand. Nein, du mußt weiter, nach Hause, man wartet auf dich. Frau und Sohn warten und machen sich Sorgen. Du bist lange ausgeblieben. Und ich schleppte mich weiter, torkelnd und müde, den ganzen endlosen Strand entlang und ich stellte mir vor, wie es sein mochte, wenn ich die ersten Strandhütten erreicht hätte, kurz darauf die teuren Bungalows der Europäer sähe, mir endlich ein Taxi nähme und dem Chauffeur sagte, wo ich hin wollte: nach Hause, und ich würde ihn bitten, mich zu wecken, denn ich werde in seinem Wagen schlafen, wie ein Toter.

Und zu Hause werde ich Ruth und Michael in die Arme schließen, werde mich freuen und glücklich sein, sie zu haben. Heute abend werde ich es ihnen sagen, weil es wahr ist und weil ich es noch nie gesagt habe. Warum eigentlich nicht? War es so selbstverständlich? Auf jeden Fall, ich werde sagen: ich bin glücklich bei euch. Es waren anstrengende Tage, es waren schlimme Tage. Sie sind vorüber. Jetzt freue ich mich, bei euch zu sein und ich werde nicht mehr zu den Fischern gehen, damit ihr euch keine Sorgen zu machen braucht, das schwöre ich. Während ich das sage, werde ich traurig sein, wegen Maluna, der ich versprach, wiederzukommen und dann werde ich sie wieder vor mir sehen: ihre Gestalt von großer Zartheit, ihre Bewegungen, natürlich und anmutig, das Leuchten in ihren Augen, das mich niemals verlassen wird; die Erinnerung an einen Traum von Liebe, aber ein Traum ohne Erfüllung!

Von Norden, von Land her, flog ein Schwarm Möwen ein. Jäh änderten sie ihre Richtung, gaukelten unschlüssig in der Luft, krächzten rauh und ließen sich am Strand nieder. Nun begann eine erbarmungslose Jagd: lange Krallen packten faustgroße Krebse, rüttelten und warfen sie um. Gelbe, dolchartige Schnäbel hackten gierig in die Weichteile und zogen sie heraus. Wieder und wieder, bis die Schalen leer waren. Krebse strebten, von Todesangst gehetzt, dem Wasser zu, ihre einzige, lächerliche Waffe, kleine Scheren, grotesk in den Himmel gestreckt.
Ich war umgeben von einer wilden, schreienden Wolke hungriger Möwen. Schließlich merkte ich, daß eigentlich ich das Gemetzel auslöste: meine Fußtritte schreckten sie auf, sie lösten sich aus ihrer tarnenden Starrheit – wurden so zum Fraß der weißen Räuber. Ich haßte diese krächzenden Ungeheuer, dieses mordlustige Vogelpack, seit ich wußte, was es mit Schiffbrüchigen macht, und ging ein Stück den Strand hinauf, dorthin, wo der Sand trocken war. Als ich mich den Strand entlang quälte, wurde ich mir der Einsamkeit bewußt, die mich umgab.
Kein Mensch, kein Laut, nur die kreischenden Möwen als Todesboten, die das Alleinsein unerträglich machten und der Phantasie freien Lauf ließ. Mein Blick schweifte über die Brandung, die ihre Wasser wie eh und je zornig ans Ufer schickte. Dahinter, ja, da war keine Einsamkeit, da

war Leben, Geselligkeit, da wurde gefeiert und gelacht, da lagen die dicken Schiffe. Um der Langeweile zu entgehen, ließ man sich einiges einfallen!

Was war mit der Sonne? Sie hatte sich, wie selten in Afrika, schamhaft hinter grauen Wolken verzogen, die den Tag jetzt in einen trüben, diesigen Nachmittag verwandelte. In einen jener dunstigen, grauen Tage, die ich von zu Hause, von Deutschland her kannte: konturen- und farblos. Auch die Schiffe in der Bucht wurden in diesen freudlosen Dunst eingehüllt. Sie hatten ihre Positionslampen angesteckt und aus den Bullaugen leuchtete es fahl. Ich zählte die Schiffe auf Reede: zweiundsiebzig, und weil Zählen ein besonderer Zeitvertreib für einsame Strandwanderer war, zählte ich auch meine Schritte ...

Das Strandgut nimmt wahrhaft merkwürdige Formen an, dachte ich und betrachtete den angespülten Baumstamm in ziemlicher Entfernung von mir. Wirklich sonderbar, dieser dünne Ast, so bizarr angewinkelt, wie der Arm eines Menschen. Unsinn! Das ist die diffuse Beleuchtung, die jedem Gegenstand menschliche Züge verlieh.

Ein hellbrauner Stamm, dem wohl die Rinde abgeschält wurde, den das Meer gebleicht und wie zufällig hier abgelegt hatte. Je mehr ich mich dem Strandgut näherte, desto unruhiger wurde ich. Um mir Mut zu machen, pfiff ich eine Melodie. Dann waren es nur noch wenige Meter, und was da vor mir lag, war kein Baum, sondern unwiderruflich ein menschlicher Körper! Ich schaute von oben auf ihn herab. Er lag auf dem Bauch, das Gesicht in den Sand gedrückt, die Gliedmaßen, bis auf den rechten Arm, schlaff ausgestreckt. Ich hatte bisher erst einen Toten aus der Nähe gesehen – meinen Großvater, und der war schön aufgebahrt, mit gefalteten Händen, friedlich, wie ein Schlafender.

Mich überfielen Entsetzen und Furcht. Zum ersten Mal begriff ich die mystische Ausstrahlung eines Toten. Angesichts dieses Leichnams, der endgültig tot war, schauderte ich durch und durch.

Ich kniete nieder; der Körper war unförmig aufgedunsen, mit Unmengen Wasser vollgelaufen, so daß die schwarze Haut durchsichtig, dünn wie Pergamentpapier aussah. Jedes Detail grub sich in mein Gedächtnis: die Fetzen, aus denen seine Hose bestand, jeder bunte Flicken, der nackte Rücken. Ich hatte sein Gesicht noch nicht gesehen. Doch plötzlich durchfuhr es mich wie ein Blitz. Mein Gott, Tomba! War es Tomba? Ich wußte nicht, was mich veranlaßte, diesen Körper zu berühren. Neugierde? Verlangen nach Gewißheit? Ich drehte ihn um, sein hochgestellter Arm bewegte sich und fiel herab. In der anderen Hand hielt er Sand, sie war verkrampft. Der Körper gluckerte wie eine riesige Bettflasche. Er zeigte sein Gesicht. Mein Herz zuckte zusammen. Im Schädel war ein großes Loch, wo eigentlich ein Auge hingehört: Möwen. Das andere war starr offen, doch die Pupille im Augapfel nach abwärts gerutscht, als blickte er in sich hinein.

Ich schlug die Hände vors Gesicht, konnte einfach nicht hinschauen. Sein Mund war aufgerissen – ausdruckslos; seine Brust unnatürlich nach außen gewölbt, fast durchsichtig, ohne Haare. Wahrscheinlich hatten Haie seine beiden Oberschenkel angefressen. Die Hose war aufgeschlitzt, das Fleisch bis zum Knochen weggerissen. War das Tomba? Vermag die See einen Menschen so zu entstellen? Kann sie so abscheulich machen, so deformieren? Ich sank neben ihm nieder. Er hatte die gleiche Größe, er trug Fetzen, die Tombas Hose sein konnte, er hatte die unbehaarte, glatte Brust wie er. Das Bein! Was war mit dem Bein? Das einzig sichere Indiz. Es hing weg, wie bei einer Puppe. Ich konnte nicht erkennen, ob es jemals verkrüppelt war. Der ganze leblose Körper hatte nichts gemeinsam mit dem Tomba aus Lawani, mit dem Fischer, mit den feingeschnittenen anmutigen Gesichtszügen des Mannes, den ich kannte.

Und ich stand auf, setzte mich drei Meter von ihm entfernt auf einen Stein. Wer bist du, Toter? Bist du Tomba? Oder ein Fremder? Ich mußte es wissen! Wenn du Fischer warst, weißt du, wie wichtig es ist.

Er lag nur da, auf dem Rücken, Arme, Beine ausgestreckt, den Körper mit Sandkörnern bedeckt. Wenn er sich nur bewegen würde, wenn sein entstelltes Gesicht Leben bekäme, dann wüßte ich wer er war. Und ich konnte nicht sagen, ob er es war . . . Was nun? Was war zu tun?

Um Himmels willen, irgend etwas mußte doch geschehen! Ich saß da, starrte auf die Leiche. Alles war taub in mir, ich war gelähmt, wie der Körper vor mir. Mein Hirn war blutleer, ich starrte nur den Toten an . . . langsam kam mein Bewußtsein zurück.

Ich richtete mich auf, entfernte mich, ging zaghaft und unsicher den Strand entlang, leise murmelnd:

»Ruhe in Frieden, bleibe wo du bist. Ich bin müde, sehr müde und will nach Hause. Ich kann dir nicht helfen, wirklich nicht! . . .«

Und auf einmal begab sich etwas Seltsames: wie von fremder Macht getrieben, rannte ich zurück. Eine Vorstellung, ein Wahn mobilisierte meine letzten Reserven:

»Du bist Tomba! Du mußt Tomba sein und deine Seele wandert, wandert als böser Geist nach Lawani, wenn du hier liegen bleibst. Du mußt weg! Ich kann das Unglück verhindern, ich kann Lawani von dir befreien. Du mußt zurück ins Meer. Nein, nicht ins Meer, dann wirst du wieder angespült. Ich werde dich hier entlang tragen und in die Lagune legen. Ganz behutsam werde ich dich in die Lagune legen und du wirst ruhig und ungestört schlafen, und deine Seele wird ewigen Frieden haben. Doch zuvor Tomba, sag, was hast du getan? Warum zürnte dir der Wassergeist? – Nein, nein, laß nur, du brauchst mir nicht zu antworten. Ich bringe dich zur Lagune. Ich kann dich schleifen oder tragen. Ich glaube, ich trage dich besser. Tote soll man tragen und nicht schleifen, sie haben es verdient, getragen zu werden.«

Also ging ich in die Hocke, griff mit meiner Linken die beiden Arme des Toten und wuchtete ihn mir auf die Schulter. Ich schleppte mich vorwärts, Schritt für Schritt, wie ein Traumwandler. Staunte, daß ich ihn richtig gepackt hatte, wunderte mich über die Balance, die ich hielt, merkte nicht die Masse Mensch auf meinen Schultern, die mich fast zu Boden drückte, nicht das Wasser, das aus seinem Mund floß, nur ein Gedanke raste in meinem Kopf: Tomba muß weg!

Der Sand war weicher als je zuvor, ich schwankte, stolperte ... stürzte hin. Lag keuchend am Boden, der Tote mit seinem erdrückenden Gewicht über mir. Ich verschnaufte kurz, dann rollte ich ihn vorsichtig zur Seite. Tomba, mein Freund, mach es mir nicht so schwer, – du mußt weg! Jetzt werde ich dich doch schleifen. Tut mir leid, Tomba, aber anders geht es nicht. Ich streckte die Arme über seinem Kopf aus. Zwecklos. Er lag da wie ein Sack Blei. Tomba, verdammt, du mußt mir helfen, mußt deinen Brüdern und Schwestern, dem Dorf helfen! Am Ende meiner Kräfte und wirr im Kopf, beschloß ich, ihn einzugraben. Mit bloßen Händen kratzte ich eine Rinne in den Sand ... Und während ich grub, gebeugt im Sand, sprach ich zu dem Toten: Tomba – wenn du es bist – *du* hast das Dasein vollendet, du hast deinem Leben eine endgültige Form verliehen. Tod ist nicht gleich Tod, Tomba! Für dich ist es der Durchgang zur Seelenwanderung. Deine Seele, gut oder böse, kehrt zurück ins Dorf, zu den Ahnen und mischt sich unter deine Brüder und Schwestern, deshalb muß dein Körper verschwinden. Wir beide, Tomba, müssen ihnen glauben machen, daß du als gute Seele zu ihnen zurückkehrst, sonst bringst du Unheil über dein Dorf. Und das will ich nicht. Ich will nicht, daß Lawani ein unglückliches Dorf wird! Verstehst du das? Für mich, Tomba, könntest du hier liegen bleiben – bis morgen oder übermorgen – bis dich irgendeiner findet und im Dorf beerdigt. Für mich ist es gleich wo du liegst: im Wasser oder im Sand. Für mich ist der Tod Abschluß eines biologischen Prozesses. Er gehört unabwendbar zur Schöpfung. Ja, Tomba, der Tod ist das einzig Unabänderliche und weil das so ist, glaube auch ich an etwas höheres als den Menschen. Warum soll es kein Leben nach dem Tod geben? Vielleicht ein Leben in einer von Gott bestimmten Vorsehung? Keine Seelenwanderung, keine Geister, die mal böse, mal gut sind, die Hinterbliebene in Angst und Schrecken versetzen. Der Glaube an die Auferstehung Jesu Christi von den Toten, das ist Hoffnung! Würdest du, deine Brüder, deine Schwestern an Christus glauben, du könntest hier liegen bleiben, in Ruhe und Frieden. Doch ihr glaubt an eure Geister, und ich muß dich verstecken. Also grabe ich mit zerschundenen Händen in der Dämmerung um Seelen, Geister und Dämonen zu beschwichtigen, und ich tue dies für das Dorf, und es ist das einzige, was ich für das Dorf tun kann.

… ruhig und merkwürdig war es um mich herum, je weiter ich grub, desto stärker fühlte ich, daß ich nichts tun konnte, weder für das Dorf noch für ihn, und dann war etwas Weißes, Weiches über uns. Ein Schleier? Ein Leichentuch?

… Von weit her kehrten meine Sinne wieder. Ich hörte Stimmen: »Der hier im Loch scheint noch zu leben, Charles.«

Jemand rüttelte mich unsanft an der Schulter. Ich machte die Augen auf, kniff sie gleich wieder zu. Die Sonne schien mir direkt ins Gesicht. Ich drehte den Kopf zur Seite, öffnete die Augen wieder, merkte, daß ich in einem Graben lag. Über mir standen Menschen. Ich zählte vier. Drei Afrikaner und ein Europäer. Sie schauten ziemlich entsetzt drein.

»Was ist los? Wo bin ich hier eigentlich?«

»Mann Gottes, das wollen wir von Ihnen wissen!« sagte der Europäer.

»Keine Ahnung, Gentlemen. Wirklich nicht!«

»Liegt hier neben 'ner angefressenen Leiche und weiß von nichts.«

»Wa … Was? Leiche?« stieß ich aus.

Wie elektrisiert sprang ich auf: tatsächlich eine Leiche, dick aufgedunsen und ekelhaft, unmittelbar neben mir. Ihre Hand hatte auf meiner Hüfte gelegen. Grausen erfaßte mich. Niemand, kein Mensch, kann ermessen wie grauenhaft es war, neben einer Leiche zu erwachen, noch dazu neben einer so häßlich zugerichteten Wasserleiche! Ich konnte mich momentan an nichts erinnern, das machte alles noch schlimmer. Ich stand da und schaute herab. Die vier Männer standen da und schauten mich an. Es war still, jeder wartete auf meine Erklärung. Am Himmel stand die Sonne heiß und grell und die Luft fing an widerlich süß zu riechen – Fäulnisgeruch kroch über den Strand. Allmählich kehrte das Gedächtnis zurück, behutsam und bruchstückhaft: Fischer – Boot – Brandung – Unwetter – Maluna – Lawani – Tomba –

»Was ist heute für ein Tag?« fragte ich.

»Montag – Montagnachmittag, Sir«, sagte der Mann mit Panamahut. »Montagnachmittag«, wiederholte ich abwesend, »so spät schon. – Hören Sie zu Gentlemen, der Tote ist ein Fischer, wahrscheinlich Tomba aus Lawani. Seinen Nachnamen kenne ich nicht. Er war mit mir und anderen aus dem Dorf auf See, um zu fischen. Bei dem Unwetter vor zwei Tagen wurde er über Bord gespült. Als ich gestern nach Hause wollte, stieß ich auf seinen angetriebenen Körper.«

»Was sind das für Spuren im Sand? Was soll der Graben? Überhaupt, was haben Sie die ganze Nacht neben ihm gemacht?« fragte mich einer, der wie ein Polizist in unvorschriftsmäßiger Kleidung aussah.

»Das haben Sie doch gesehen, ich wollte ihm Gesellschaft leisten!« Mein Gedächtnis war wieder ganz da. Ich wußte, was ich mit dem Toten vorhatte. Konnte mich an meine unendlichen Bemühungen, ihn zu verstecken, erinnern – verlor aber kein Wort darüber. Es sollte ein Geheimnis bleiben.

»Gesellschaft leisten?« rief der Polizist ungläubig.

»Mann, ich hatte über sechzig Stunden nicht geschlafen. Ich war erledigt, verstehen Sie das, ich war fertig und bin es immer noch. Ich will nach Hause!«

Ich gab meine Adresse an. Die Konversation war beendet. Der Weiße stützte mich, und gemeinsam entfernten wir uns von dem toten Körper und von den anderen Männern. Ich drehte mich noch ein letztes Mal um und rief:

»Sie können mir einen großen Gefallen tun, Gentlemen: wenn Sie ins Dorf gehen, sagen Sie, Sie hätten den Toten draußen aus dem Meer gefischt.«

»Wird sich wohl kaum machen lassen!« rief einer der Nigerianer zurück.

Mit dem Mann im hellgrauen Anzug schleppte ich mich weiter durch den Sand.

Wir erreichten die Straße und der Mann rief ein Taxi. Die Sonne stach herab wie in der Trockenzeit. Endlich fuhr ich heimwärts!

Eineinhalb Stunden später stand ich vor unserem Haus und klopfte an die Tür. Ruth öffnete den Eingang. Sie erschrak. Wir standen eine Weile da und umarmten uns. Während wir dann hineingingen, sagte sie, daß sie sich große Sorgen gemacht hätte.

»Es ist alles vorbei, Ruth«, sagte ich, »du brauchst dich nicht mehr ängstigen.«

»Schon gut, Albert, ich weiß, daß es vorbei ist.«

Im Badezimmer legte ich die groben Kleidungsstücke der Fischer ab. Ruth hatte zwei Cognacgläser gefüllt und wir stießen an und tranken auf meine Rückkehr. Ich mußte gestehen, daß ich von den vergangenen Tagen noch ziemlich benommen war und schob mir einen Sessel ans Fenster, um wie abwesend hinaus auf die Straße zu schauen. Ich war nervös und beruhigte mich nur langsam. Ruth nahm sich meiner Wehwehchen an.

»Was ist mit dir?«, fragte sie nach einiger Zeit, »du bist so unruhig, verfolgt dich etwas?«

»Vielleicht Ruth. Ich weiß es nicht. Es ist viel geschehen auf See und danach.«

»Kannst du es mir nicht erzählen?«

»Später Ruth, später bestimmt.«

Anderen Tags nahm ich meinen Dienst wieder auf, doch zu Hause wartete ich noch viele Tage auf die Polizei. Vergebens, keiner kam. Keiner wollte Einzelheiten über den ertrunkenen Fischer wissen oder mir etwas von Tomba aus Lawani berichten. Niemand erschien und ich werde wohl niemals erfahren, ob der böse Geist in Lawani eingekehrt ist, weil ich nie mehr nach Lawani gehen werde.

Es verstrichen einige Wochen. Eines Abends besuchte uns mein Arzt und Freund Dr. Jabuķa, ein Nigerianer, er war sehr zufrieden mit mir. Als ich ihm das Geheimnis meiner Therapie anvertraute, schien er überhaupt nicht verblüfft, sondern sicher, daß er mich mit Medikamenten nicht halb so gesund bekommen hätte. Dr. Jabuka gestand ich an jenem Abend auch, daß ohne die Hilfe meiner Frau das Experiment nicht geglückt wäre.

»Ich war einfach überzeugt, daß Lawani Albert gesund macht. Aber als diese Maluna auftauchte, bekam ich doch ziemliche Angst um ihn«, lachte Ruth.

Um mich nicht von neuem in zermürbenden Businesstrott zu verfangen, stellte ich einen Assistenten ein. Mola Oye hieß der junge Yoruba aus Ibadan. Er hatte in Mannheim und London Betriebswirtschaft studiert, sprach fließend Deutsch und war ein hochintelligenter Bursche. Meine Abteilungsleiter waren mit der Wahl eines Nigerianers als rechte Hand der Geschäftsleitung ganz und gar nicht einverstanden. Doch Oye bewies in seiner heiklen Position viel Geschick und verschaffte sich bei allen Anerkennung. Ich arbeitete gern mit ihm, schon allein deshalb, weil er Arbeit abnehmen konnte und mir manchmal Zeit blieb, an den Strand zu gehen. Oft ging ich zur Brandung hinunter, besonders dann, wenn sie wütend und brausend war. Wenn mir die Gischt ins Gesicht peitschte, war ich da und saß im Sand, alleine bisweilen, meist aber mit Ruth und Michael, und wir blickten aufs Meer hinaus und beobachten die Heimkehr der Fischer.

Michael und seine Mutter sahen die bunten Boote kommen, die da lustig durch die Wellen schaukelten.

Ich sah die Fischer, ihre Sorgen, Nöte und Ängste, wußte um ihren Kampf auf See, ihren Hoffnungen, die ein einziger, erbarmungsloser Brecher zerschlagen konnte. Seit jenen Tagen sind sie mir so vertraut, als wäre ich unter ihnen, wieder dabei, auf Fischfang mit den Männern vom Golf.

Und dann kam der Tag, ein Sonntagvormittag, an dem mein Herz einen nachhaltigen Stich erfuhr. Der frische Seewind fegte feinen Sand herauf. Am Strand gingen wenig Menschen spazieren, da es für Afrika ungewöhnlich kühl war. Zwei Strandwanderer kamen näher und näher. Das ungleiche Paar weckte meine Aufmerksamkeit. Er, weiß und feist, vermutlich ein Engländer. Sie schlank und braun, wie eine Gazelle. Einen kleinen, weißen Bikini trug sie und in ihren langen schwarzen Haaren zauste der Wind. Kein Zweifel, dachte ich, das ist sie, das muß sie sein! Der Weiße hielt ihre linke Hand und wie ein verliebtes Paar schlenderten sie in Richtung Hafen. Mein Herz klopfte wild. Sie blickte über den Strand hinauf, ihre freie Hand hob sich kurz. Sie hatte mich erkannt! Ich wollte aufstehen, zu ihr hinuntereilen. Sie fragen. Eine Antwort bekommen. Doch meine Beine waren wie gelähmt, ich saß nur da, starrte in Richtung Wasser. Endlich spürte ich den brennenden Blick Ruths:

»Sie war es, nicht wahr?« fragte sie.

»Ja, sie war es«, sagte ich.

Und jetzt endlich hatte die quälende Ungewißheit ein Ende. Der arme Tomba! Schade um Lawani, schade um Maluna.

Abschied

Im Sommer des gleichen Jahres, an einem extrem schwülen Tag, an dem mein Versetzungswunsch stattgegeben wurde, verließen wir Nigeria. Es war in der Zeit leidenschaftlicher Wahlkämpfe. Erstmals nach 15 Jahren Militärherrschaft sollten freie Wahlen stattfinden und Zivilisten die Macht ausüben. Es würde ein Kopf-an-Kopf-Rennen zwischen Alhaji Shehu Shagari (29) und Obafem Awolowo, also einem Fulani aus dem Norden und einem Yoruba aus dem Süden, geben. Zum Ölrausch gesellte sich ein Rausch erhitzter Gemüter. Uns blieb nur die Hoffnung auf eine dauerhafte Lösung für das Land. Mit dieser Hoffnung waren 8000 Deutsche und über 40 000 andere Europäer in Nigeria nicht allein. Die jüngsten Besuche des amerikanischen Präsidenten und des deutschen Kanzlers in Lagos bewiesen, daß dem Staat internationale Bedeutung zukam. Für die Bundesrepublik spielt Nigeria die Rolle des größten Handelspartners und des wichtigsten Rohöllieferanten Schwarz-Afrikas. Es gibt keine namenhafte Firma, die hier nicht irgendwie vertreten ist.

Schon zwischen Koffern, Gepäck und im Kreise lieber Freunde vermochte ich nicht zu glauben, daß wir Nigeria für immer verlassen sollten. Ich hatte Lagos, diesen verdammten Hexenkessel, auf sonderbare Weise lieb gewonnen. Schon bald, dessen bin ich sicher, werde ich ihn vermissen. Viele waren gekommen: deutsche Kollegen aus dem Büro und von der Baustelle, Alhajis, James, der Fahrer; Mola Oye und wie sie alle hießen. Als der schnarrende Lautsprecher unsere Maschine aufrief, begann ein endloses Händeschütteln.

Wir waren sehr bewegt, selbst Ruth, die den Schwarzen Erdteil nie wirklich verstand, geschweige denn ihm verfallen war, standen Tränen in den Augen.

Der zweite Aufruf – wir schoben uns langsam Richtung Rollfeld. Plötzlich zupfte mich Alex Shunuga, der, wie immer, meinen reibungslosen Abflug organisierte, lästige Zöllner, neugierige Paßkontrolleure fernhielt, am Ärmel und flüsterte rätselhaft: »Mr. Hansen, kommen Sie noch mal in die Flughalle.«

»Jetzt noch? Das geht doch nicht mehr«, sagte ich ungeduldig.

»Doch schnell, kommen Sie bitte!«

Ich warf Ruth und Michael einen Blick zu und hastete zurück ins Foyer. Lässig an einen Pfeiler gelehnt, stand eine attraktive Frau, eine exotische Schönheit. Sie trug Satinhosen, Pums und war geschminkt. Ihre Haare hatte sie straff nach hinten frisiert. Sie lächelte verführerisch. Ich erkannte sie kaum, denn die Ähnlichkeit mit einem Fotomodell war größer als die mit einer Fischertochter vom Golf. Vor mir stand Maluna.

»Alubu, ich freue mich sehr, dich noch zu sehen. Immer habe ich mir gewünscht, dich zu sehen«, sagte sie mit verblüffender Sicherheit.

»Maluna, du hier? Woher weißt du, daß wir Nigeria verlassen?« Sie lächelte und ergriff meine Hand.

»Alex Shunuga ist Ghanese, ich kenne ihn, er hat es mir gesagt.«

»Maluna, das Mädchen aus Lawani«, sprach ich vor

mich hin, »damals am Strand von Lagos wollte ich dir tausend Fragen stellen, aber ich habe es nicht gekonnt.«

»Ja, Alubu, auch ich wollte dir viel erzählen. Doch – wir sollten keine Fragen stellen, denn die Antworten sind von großer Traurigkeit.«

»Bitte, laß es mich wissen«, beharrte ich unsicher, »was macht das Dorf? Wie geht es Laurensubu? Und du – bist du glücklich?«

Jetzt sah ich in traurige Augen.

»Was heißt glücklich? Damals war ich es vielleicht«, wich sie aus. »Jetzt habe ich Geld, kann mir kaufen, was mir gefällt.« In ihrer Stimme lag Bitterkeit. Sie wurde plötzlich sehr ernst.

»Schade um dich. Ich glaube, es ist schlimm und sehr schade!« Ihr rann eine Träne über die Wange.

»Sag das nicht, Alubu – hättest du es ändern wollen?«

Ich konnte nicht antworten. Wollte noch einmal nach dem Dorf, nach Laurensubu fragen. Aber sie ließ es nicht zu, legte ihre Arme um meinen Hals – wir sahen uns schweigend an . . . eine Ewigkeit. Und ein letztes Mal schaute ich in diese mystischen Augen, sie faszinierten mich mit großer Kraft, von den vielen Geheimnissen jedoch gaben sie nicht das geringste preis.

. . . Ich vernahm den letzten Aufruf.

»Du gehst weit weg, Alubu, und du wirst nicht wiederkommen. Nimm dies als Andenken an Lawani, an das Dorf, das mit dir schicksalhaft verbunden ist.« Sie öffnete ihre Hand und legte in die meine ein kleines silbernes Kreuz.

»Le Croix des Touaregs«, sagte ich.

»Ja, das Kreuz der Tuareg, meine Mutter hat es gehämmert, als ich geboren wurde. Ich trug es immer. Es hat mir kein Glück gebracht, aber dir wird es Glück bringen.

Dir ganz gewiß!«

Betroffen schaute ich auf das ziselierte Stück Metall.

»Ich werde es bewahren und die herrliche Zeit bei euch nie vergessen.«

»Geh jetzt, Alubu, geh rasch!« sagte sie mit zitternden Lippen.

Ich drehte mich langsam um, bahnte mir den Weg an den vielen Menschen vorbei in Richtung Rollfeld, in mir war alles leer und taub. Erst das donnernde Geräusch der Triebwerke mahnte mich zur Eile.

Anmerkungen

(1) Zum Gedenken an Nigerias Präsidenten *Murtala Mohammed*, der seinen Vorgänger *General Yakubu Gowon* 1975 stürzte. Kurze Zeit später fiel Mohammed selbst einem Putsch zum Opfer. General *Obasanio*, Mohammeds Nachfolger, setzte jedoch die liberale Politik fort.

(2) Mitte des Jahres 1977 überprüfte die Regierung ihre Finanzen und entdeckte ein enormes Defizit, weil die Dollareinnahmen aus Nigerias Ölquellen zurückgegangen waren.
Da sich das Finanzministerium aber erst Anfang 1978 entschloß die Ausgabenpolitik zu drosseln, mußten die Sparmaßnahmen um so drastischer ausfallen, sie machten auch vor den Studenten (Semestergebühren, verbilligtes Mensaessen) nicht Halt.

(3) 1978: Eine *Naira* = 100 *Kobo* = 3,40 DM. Da Nigeria ein sehr teures Land ist, kann die Kaufkraft 1 :1 angesetzt werden.

(4) *»dashen«*, aus dem Englischen und heißt hier: ein »Geschenk machen«, ein »Trinkgeld geben«.

(5) *»Oyibo«* heißt in der Yorubasprache »weißer Mensch«, »weißer Mann«.

(6) »Nigeria, liebe es oder verlasse es!«

(7) Der Einsatz scheiterte seiner Zeit bereits nach drei Tagen, weil Jonas van Alfen einen Infarkt erlitt und

Zementkulis von Kiri Kiri: gegen den grauen Staub »schützen« Fetzen von Zementtüten.

5000 Naira Schmiergelder bereits an den ersten beiden Tagen ausgegeben waren. Wir erhielten in letzter Minute vom Wirtschaftsministerium Erlaubnis, direkt zu importieren und konnten vor Beginn der Regenzeit die ersten Betonarbeiten abschließen.

(8) Nigerias Zementhunger hängt mit dem Öl zusammen: Bis 1977 brachte das schwarze Gold 50 Millionen Mark pro Tag ins Land. Und in den 60er Jahren bereits entstanden Devisenreserven von 25 Milliarden DM. Was tun mit diesem Reichtum? Die Ölmilliarden flossen in gigantische Bauprojekte: Hochstraßen, Brücken, Flugplätze, Stahlwerke. Bulldozer schoben Slums beiseite, die an anderer Stelle schlimmer gediehen. Hochhäuser, Verwaltungspaläste schossen wie Pilze aus dem Boden. Beinahe stündlich verwandelte sich Lagos und Umland. Die enorme Bauaktivität führte rasch zu einem unwahrscheinlichen Zementbedarf, der im Aus-

Nigerianischer Fischer bringt seinen Fang zum Markt.

land gedeckt werden mußte, da die eigenen Mühlen defekt waren oder nicht bedient werden konnten.

Präsident Jakubu Gowon ließ kurzer Hand weltweit 20 Millionen Tonnen ordern. Lieferzeit: 12 Monate. Ein Husarenstück, daß zu einer perfekten Verstopfung des Hafens führte und 1975 zum Sturz Gowons. Zeitweise lagen 400 Schiffe auf Reede und warteten Monate, bisweilen Jahre auf das Löschen ihrer Waren. Murtala Mohammed, der anschließend die Macht übernahm, schob die Mißwirtschaft auf Sabotage der Industrienationen, nicht ganz unberechtigt, denn mancher Reeder schickte seine ältesten Seelenverkäufer nach Lagos, um im allgemeinen Durcheinander schlechte Waren loszuschlagen. Man rief den Notstand aus und beschloß, der Warenflut mit »Tin Can Island«, einem zusätzlichen Hafen, Herr zu werden.
Julius Berger, ein nigerianisch-deutsches Bauunterneh-

men stampfte den Überseehafen, in dem 16 Ozeanriesen gleichzeitig gelöscht werden können, in einer Rekordzeit von 18 Monaten aus den Sümpfen. Die »Hamburger Hafen- und Lagerhausverwaltung« managed die Abwicklung und tatsächlich haben sich die Liegezeiten wirksam verkürzt. Mohammed konnte die Fertigstellung des Projekts nicht mehr erleben. Er fiel schon nach wenigen Monaten Präsidentschaft einem Attentat auf offener Straße zum Opfer. Dem Volk bleibt er als Retter aus beschämender Mißwirtschaft in Erinnerung.

General Obasanio wurde sein Nachfolger und hatte sich auf Dauer mit Spätfolgen zügelloser Ausgabenpolitik, gegen die keine Ölmilliarden ankamen, auseinanderzusetzen. Inflationsraten kletterten von 30 auf 50 Prozent und darüber. Die Staatskasse schrumpfte. Bauprojekte mußten stillgelegt, zumindest reduziert werden und privater Konsum war zwangsweise zu drosseln. Um einem Staatsbankrott zu entgehen, griff Obasanios Notbremse immer fester. Luxusgüter aller Art und Autos über 2 Liter Hubraum verschwanden von den Importlisten oder wurden mit drastischen Zöllen belegt, Gebühren für alle möglichen Dienste erhöht. Gute Absichten, doch der Schuß ging nach hinten los: Schwarzhändler und Schieber fanden Mittel und Wege die Restriktionen zu unterlaufen und die Armen, die in den Städten für Grundnahrungsmittel ein Vermögen zahlten, wurden noch ärmer. Organisiertes Bandentum, Raub und Mord verunsicherten Stadt und Land mehr denn je.

Erstmals in der Ölgeschichte des Landes zeichneten sich Zusammenbrüche nationaler und internationaler Unternehmen ab. Der Dollarsturz und eine reduzierte Ölproduktion taten 1977/78 ihr Übriges. Nigerias Kollaps ist mittlerweile behoben, ein 4-Milliarden Dollarkredit, an dem auch Deutsche Banken beteiligt sind und der weltweit steigende Energiebedarf haben das Land stabilisiert.

Ghanesische Hochseefischer laufen aus. Zur Regenzeit ist der Kampf mit der Brandung ein Kampf um Hab und Gut.

(9) *Alhaji*, Ehrentitel eines nach Mekka gepilgerten (auch geflogenen) Moslems.

(10) Sogenannte »Weihnachtsbäume«, hydrantähnliche Gebilde, mit vielen Ventilen versehen, aus denen das Erdöl für den Überlandtransport abgezapft wird.

(11) Benin besaß Steinhäuser und befestigte Straßen, unterhielt diplomatische Beziehungen zu Portugal, und der schwarze Herrscher Ewuare der Große sprach Portugiesisch. Alle Könige waren der Kunst zugetan, förderten die Begabten und ließen unvergessliche Bronze- und Goldschmiedearbeiten schaffen. In Ife wurde die Gießkunst am höchsten entwickelt, aus dem Ort der

Vorhergehende Seite:
Ein Flußfischer im Labyrinth des Nigerdeltas.

*Sommer, die Brandung ist erstaunlich zahm und das Boot
fertig zum Auslaufen.*

Künstler entwickelte sich für Benin und andere Yoruba-
Stadtstaaten eine heilige Stadt, in der zu kultischen
Anlässen Bambuswein und Kolanüsse eingenommen
und den göttlichen Königen Menschenopfer dargeboten wurden. Die Urwaldkönigreiche im südlichen
Nigeria zerstörte im 18. Jahrhundert der Sklavenhan-
del und die englische Kolonialisierung. Die Kunst
jedoch lebt in den bedeutenden Museen der Welt weiter
und in Ife selbst, seiner Universität, die weit über Nigerias Grenzen bekannt ist, wird westafrikanische Kunst
gelehrt und ausgeübt.

(12) In der Dürrekatastrophe 1974/75 hatte Nigeria vielen
Tuareg Obdach gewährt. Die meisten siedelten sich um
Sokoto an, aber selbst bis *Lagos* waren sie herunterge-
zogen, wo sie allerdings ein kümmerliches Dasein als
Bettler fristen.

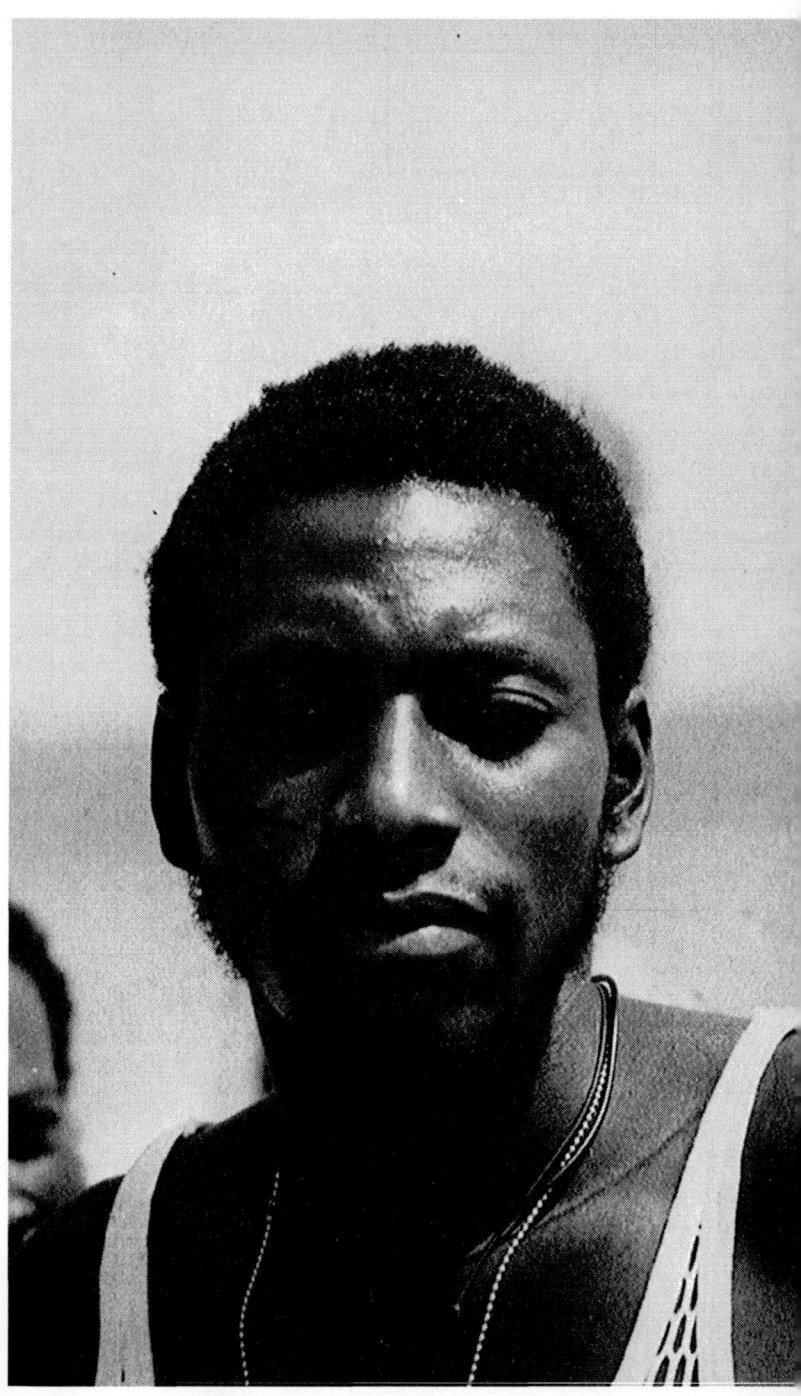

(13) Präsident *Obasanio* hat ein Versprechen wahrgemacht: die Regierungsgeschäfte wurden gewählten, zivilen Politikern übertragen. Der erste Schritt auf diesem Wege wurde 1979 vollzogen: die Abberufung der Militärgouverneure. Obasanio dürfte der erste afrikanische Machthaber sein, der zugunsten eines Demokratisierungsprozesses zurücktrat.

(14) »Very Important Persons«, Persönlichkeiten aus Wirtschaft, Politik und Kultur.

(15) Kürbisart

(16) Eine Volksgruppe, die zu den *Akan* gehört und weite Gebiete Westafrikas bevölkert. Ihr Zentrum ist Ghana.
Im 17. Jahrhundert erreichte das sagenhafte *Aschantireich* seine Blütezeit. 1824-96 wurde es in schweren Kolonialkriegen von England unterworfen.

(17) Safarimütze

(18) Stamm im Südosten Ghanas, Hauptvertreter der *Krobo*-Gruppe.

(19) ein Faden = 1,83 Meter

(20) eine engl. Gallone sind rund 4,5 Liter.

(21) *Fanti*, Untergruppe: *Olo-Fanti*, ein Volk im Süden Ghanas, welches sich von Viehzucht, der Savannenbepflanzung, aber auch vom Fischfang ernährt.

(22) *Dangbé* = Pythonschlange

(23) Ein besonderes Klüvertau

Ein ghanesischer Hochseefischer aus Lawani.

(24) Wind kommt von schräg hinten und trifft im 90°-Winkel auf das Segel.

(25) Ausdruck aus der Betriebswirtschaftslehre, Bezeichnung für die interne Finanzierung eines Unternehmens.

(26) Wirtschaftsprüfer

(27) *Tuareg*, ein Berbervolk aus der zentralen Sahara. Stolze, hochgewachsene Menschen von heller bis schwarzer Hautfarbe und scharfen Gesichtszügen. Die Männer gehen verschleiert. Sie sind Hirtennomaden (Kamele, Schafe, Ziegen). Infolge lang anhaltender Dürre wurden die Tuareg immer weiter in die Steppengebiete Westafrikas gedrängt.
Die Frauen haben trotz des mohammedanischen Glaubens besondere Privilegien: gehen unverschleiert, tragen einen Dolch, haben freie Partnerwahl, leben in der Einehe, widmen sich im Kreise der Sippe dem Unterricht, der Bildung und der Heilkunst.

(28) Ein Knoten = 1,85 km/Std.

(29) *Alhaji Shagari* wurde Sieger und im Oktober 1979 zum ersten, zivilen Präsidenten Nigerias gewählt.
Der Nord-Südkonflikt aber, die ewige Auseinandersetzung zwischen mohammedanischen *Haussa, Fulbe, Kanuri* im Norden und christlich-heidnischen *Yoruba* und *Ibo* im Süden schwelt weiter.

Steckbrief Nigerias – Stand 1980

Größe: 924 000 km ^{2} (vier mal so groß wie die Bundesrepublik Deutschland)

Einwohner: 80 Millionen, damit der volkreichste Staat Afrikas

Bevölkerung (Hauptgruppen): Im Norden *Haussa* 13 Millionen, außerdem *Fulbe, Kanuri, Fulami.* Im Süden *Yoruba* 11 Millionen und *Edo, Tiv.* Im Südosten *Ibo* 9 Millionen. Das Bevölkerungswachstum von 2,8 % pro Jahr ist eines der höchsten der Erde.

Religion: 50 % der Bevölkerung sind Moslems, in Nord- und Zentralnigeria ansässig. 35 % nennen sich Christen, leben meist im Süden und Südosten. 15 % im Landesinneren gehören Naturreligionen an.

Sprachen: Englisch, Arabisch. Etwa 300 Volksgruppen sprechen ebensoviele verschiedene Dialekte.

Großstädte: Lagos 6 Millionen Einw., darunter 10 000 Europäer. *Ibadan* ca. 1,3 Millionen Einw., größte rein afrikanische Stadt Schwarz-Afrikas. *Ogbomosho* ca. 600 000 Einw. *Kano* ca. 350 000 Einw.

Wirtschaft: Währung, 1 Naira = 100 Kobo = ca. 3,40 DM. Mieten, Preise für Hotelübernachtungen und Importgüter liegen sehr hoch, so daß die Kaufkraft der Naira ca. 1,50 DM entspricht.

Der überwiegende Teil der Bevölkerung ist in tropischer Landwirtschaft tätig.

Seit 1961 ist das Erdöl der wichtigste Wirtschaftsfaktor. Es macht 90 % der Gesamteinnahmen aus. Mit dem boomartigen Ölreichtum setzte eine sozialpolitisch gefährliche Landflucht ein.

Erdnüsse und Kakao bilden weitere wichtige Wirtschaftsfaktoren, ebenso Edelhölzer, Zinn und Kohle.

Die Automobil-, Gummi-, Ölmühlen-, Brauerei- und Bauindustrie ist sehr wachstumsintensiv.

Große Bauprojekte, die durch Öldollars finanziert werden, geben »Wanderarbeitern«, insbesondere Ingenieuren aller Fachrichtungen interessante Aufgaben, zumal fast jede bedeutende deutsche Firma im Lande vertreten ist.

Nigerias wichtigste Handelspartner sind die Bundesrepublik Deutschland, England und die USA.

Verkehr: Für afrikanische Verhältnisse existiert ein gut ausgebautes Straßennetz, welches jedoch im Großraum Lagos total überlastet ist.

Das Eisenbahnnetz ist unbedeutend.

Der nigerianische Flugverkehr, zwar stark erweitert, ist dennoch den Hauptzielen Lagos, Port Harcourt, Kaduna, Kano, Benin, Sokoto selten gewachsen.

Nachrichtenwesen: Telefon, Post überlastet und vielerorts zusammengebrochen.

Tourismus: Nigerias Tourismus ist kaum entwickelt, obwohl es eine Reihe Sehenswürdigkeiten gibt.

In Lagos: Regierungs- und Verwaltungsgebäude um den Rennplatz. Das Nationaltheater, das Nigerian-Museum mit eindrucksvollen Holzschnitzereien und Bronzekunstwerken.

Victoria Beach, Badagri Beach und deren Lagunen.

Zementhafen Kiri Kiri Jetty (nicht ganz ungefährlich, außerdem ist Fotografieren, wie fast überall im Lande, nicht gern gesehen.)

Im Land: »Stadt der 100 000 Wellblechdächer« *Ibadan,* das Flußdelta des Nigers mit seinen Urwaldriesen, Mangrovensümpfen, Fischerdörfern und feuerspeienden Öltürmen.

Die Urwald- und Kunststätten *Benin City* und *Ife.*

Onitscha, einer der größten Märkte Afrikas, wo die Händler in Hausbooten auf dem Niger wohnen.

Oshogbo mit seinen Batikkünstlern und der Urwaldschrein der Wassergeister. Der *Kainji-Staudamm* und das westlich davon gelegene *Borgu-Großwildreservat,* wo auch die fast ausgestorbenen »Tellerlippenmenschen« leben.

Hochseefischer vor der Brandung. Die Gefahr ist vorüber, der Fang – Katzenhaie – eingebracht.

Jos auf dem *Bautschi*-Plateau, (eine der schönsten Landschaften Nigerias), dort befinden sich Denkmäler der *Nok-Kultur*, (älteste Negerkultur aus dem ersten Jahrtausend vor Christus stammend!) vor allem Terrakotta-Plastiken. Östlich davon der *Yankari Wildpark*.

Der *Tschadsee* bei *Baga*.

Kanos Altstadt und Moschee, der Sultanspalast von *Sokoto* und der malerische Markt von *Ilela* an der nigrischen Grenze.

Argungu, insbesondere im Februar das Fischfestival.

Klima: Im Küsten- und Urwaldgebiet feuchtheiß mit ausgeprägter Regenzeit zwischen Juli und September, Temperaturen um 30° C.

Im Norden trockenheiß, kurze Regenzeit in den Monaten Juli bis August. Temperatur 30° C – 46° C. Die Nächte zwischen Dezember und Februar sind recht kühl.

Gesundheitliche Vorsorgen: Bei längerem Aufenthalt ist eine Tropentauglichkeitsuntersuchung erforderlich. (Nigeria galt noch vor gar nicht langer Zeit als das Grab des weißen Mannes).

Impfungen: Pocken, Gelbfieber, Tetanus, Cholera, Typhus, Paratyphus A und B. Regelmäßig Resochin und Vitamintabletten einnehmen.

Niemals Leitungswasser trinken. Salat und Obst ohne Schale sollte desinfiziert werden. Keine Stoffhandtücher an öffentlichen Waschbecken benutzen. Wegen Gefahr der *Bilharziose* (Wurmkrankheit) nicht in Flüssen oder Seen baden. Mittel zur Bekämpfung von Darminfektionen mitführen.

Wichtige Adressen: Goethe-Institut, Lagos, 174 Broad Street,

The Nigerian Tourist Association, Lagos, 45 Marina Street,

Hotels: »Federal Palace«, Lagos, Victoria Island, »Bristol«, Martins Street, Lagos Island, »Ikoyi«, Lagos, Club Road,

Lufthansa, Lagos, 150 Broad Street,

Deutsche Botschaft in Lagos, Ahmadu Bello Road, *Nigerianische Botschaft,* Bonn – Bad Godesberg, Kennedyallee 35.

Dokumente: Für Kurzbesuche: Reisepaß mit Visum. Für längeren Aufenthalt (über drei Monate hinaus) ist eine besondere Aufenthaltsgenehmigung nebst Arbeitserlaubnis erforderlich. Beides ist ohne Hilfe des Arbeitgebers kaum zu erwirken. Nationaler oder internationaler Führerschein sollte zweckmäßigerweise auf einen nigerianischen umgeschrieben werden. Dennoch sind Autofahrten nur mit einheimischen Fahrern zu empfehlen.

Staatsgefüge: 19 Bundesstaaten stehen jeweils Gouverneure vor, die bislang zentral von einer Militärregierung in Lagos verwaltet wurden. Staatspräsident ist General Obasanio. Am 1. Oktober 1979 übergaben die Militärs

Karumba, der Dorftrommler aus Keffi, Zentralnigeria.

Vor Dämonen und bösen Geistern schützen Fetische. Im Schrein der Flußfischer werden die Götter gnädig gestimmt.

die Macht einer zivilen Parteiendemokratie. Gewählter Kandidat ist Alhaji Shehu Shagari, ein Moslem.
Traditionelle Führer mit immer noch großem Einfluß: der Sultan von Sokoto, Emire, Obas, Chiefs oder Häuptlinge.

Geschichte: Der Eintritt in die Geschichte beginnt mit der Einwirkung des Islams im Norden des Landes. Die ältesten Staaten waren *Kanem-Bornu* und die *Haussa-Staaten.* 1802 begannen die *Fulbe* unter *Osman Dan Fodia* den Heiligen Krieg und unterwarfen die *Haussa* auf ihrem Eroberungszug nach Süden. 1497 tauchten portugiesische Seefahrer an der Küste Nigerias auf und drangen bis zu den Urwaldkönigreichen der *Yoruba* vor. Diese Reiche, meist straff geführte Stadtstaaten aus dem 11. Jh. zerfielen im 19. Jh. in Folge des Sklavenhandels.

Die Errichtung der britischen Herrschaft ab 1880 war von kriegerischen Auseinandersetzungen begleitet.

1914 entstand Nigeria in seiner jetzigen Ausdehnung.

1963 wurde die Republik Nigeria ausgerufen. Seit dem Armeeputsch von 1966 wechselten sich sechs militärische Machthaber ab, die außer Obasanio alle gewaltsam abgesetzt wurden.

1967 bis 1970 tobte im ehemaligen Biafra (Ostprovinz) ein Bürgerkrieg, den die Zentralregierung niederschlug. Der Nord- Süd- und Ost- West-Konflikt ist damit aber nicht beendet worden.

Vorhergehende Seite:
Nordnigeria, Haussa vor ihrem Kral.